편백나무 상자

편백나무 상자

초판 1쇄 발행 2025년 10월 2일

지은이 김하기 강동수 박향 정인 이상섭 이미욱
펴낸이 강수걸
편집 이선화 강나래 오해은 이소영 이혜정 유정의 한수예
디자인 권문경 조은비
펴낸곳 산지니
등록 2005년 2월 7일 제333-3370000251002005000001호
주소 부산시 해운대구 수영강변대로 140 BCC 626호
전화 051-504-7070 | 팩스 051-507-7543
홈페이지 www.sanzinibook.com
전자우편 sanzini@sanzinibook.com
블로그 sanzinibook.tistory.com

ISBN 979-11-6861-521-2 03810

* 책값은 뒤표지에 있습니다.
* 잘못된 책은 구입하신 곳에서 교환해드립니다.

사현금 무크 3

편백나무 상자

김하기 강동수 박향 정인 이상섭 이미욱

산지니

책을 펴내며

현대 소설 속 '구원'의 두 축,
개인과 사회를 넘어선 '우리'의 길

"아시아에서 가장 민주적이고 경제적으로 성공한 나라에서 어떻게 12·3 계엄령과 쿠데타 같은 야만이 가능한가?"

놀랍게도, 우리의 상상을 깨뜨리고 이 야만적인 쿠데타는 이 땅에서 실제로 일어났고 자정에 모인 시민들의 저항으로 저지되었다.

그러나 천연두처럼 완전히 소멸한 것으로 여겼던 군사독재와 절대권력이 우리 내부에 뿌리 깊이 잠복해 있다가, 취약한 민주주의의 표층을 뚫고 다시 분출했다는 사실에 우리 모두는 경악하지 않을 수 없었다. 이번 쿠데타가 던진 충격과 그 여파는 정치, 경제, 사회, 문화 등 모든 영역에 걸쳐 향후 수십 년 동안 지속될 것이다. 1980년 5·18이 민주화 운동의 분수령이었다면, 2025년 12·3 계엄 선포와 쿠데타는 또 하나의 역사적 전환점이 될 것이다.

코로나19 팬데믹과 내란이라는 격동 속에서도 문학은 오히려 새로운 생명력을 얻었다. 팬데믹의 고립, 한강 작가의 노벨문학상 수상, 쿠데타의 충격은 창작 환경을 흔들었고, 잠자던 작가의 눈들을 다시 깨웠다. 그 과정에서 과거부터 이어져온 질문—"문학은 개인의 구원인가, 사회의 구원인가"—가 다시 수면 위로 떠올랐다.

젊은 시절의 작가들은 전후의 황폐한 사회 속에서 방황하는 개인의 초상을 그리며, 사회적 맥락 없이 완성될 수 없는 '개인 구원'의 한계를 질문했다. 주인공은 아노미 속에서 '나'를 지키려 애쓰지만, 결국 소외와 고독에 짓눌린다. 이는 개인과 사회의 상관성을 날카롭게 드러내며, 당대 지식인의 정신사를 응축했다.

도스토옙스키는 『죄와 벌』에서 라스콜니코프를 통해 개인의 도덕적 구원이 타인과의 관계, 그리고 사회적 책임 속에서만 완성될 수 있음을 그렸다. "모든 사람이 모든 것에 책임이 있다"는 그의 신념은 개인과 사회의 구원을 하나로 엮는다.

반면 카프카의 『변신』은 사회로부터 단절된 개인의 절망을 극명하게 드러낸다. 벌레로 변한 그레고르 잠자는 가족과 사회 속에서 무가치한 존재가 되고, 구원은 불가능해진다. 그러나 바로 이 '구원 불가능성'이 현대인의 고립을 가장 선명하게 비춘다.

그러다 1980년대 전두환 군사독재정권과의 싸움에서 사회적 구원의 담론이 봇물처럼 터졌다. 황석영의 『장길산』 조정래의 『태백산맥』과 같은 장편이 저항의 시대를 열면서 소설은 혁명의 무기로 변하고 소설가는 혁명에 복무하는 혁명가가 되어야 했다. 많은 작가들이 투쟁의 선봉에 서서 활동하다 감옥에 가기도 했다.

그러나 시대가 변하며 구원 담론도 진화했다. 오늘날의 작가들은 개인과 사회를 대립이 아닌 '상생의 관계'로 조명한다. 최근 한 소설에서 주인공은 폐쇄적 개인주의를 벗어나 타인의 아픔에 마음을 열며 치유의 가능성을 발견한다. 여기서 구원은 고립된 영혼의 성취가 아니라 관계와 연대의 산물이다. 이 흐름은 개인과 사회의 변증을 통한 '우리'라는 모습을 새롭게 발견하게 한다. '우리'라는 집단 속에서 '나'의 주체적 실존은 어떤 영향을 끼치고 있는가를 새롭게 정의하고, 새로운 공동체 윤리를 탐구하는 방향으로 나아가고 있음을 보여준다.

원래 '창작과 합평회'라는 취지의 사현금 모임은

2010년부터 활동해왔으나, 당시에는 책을 내겠다는 구체적인 계획이 없었다. 그러다 2017년 강동수 작가가 '그동안 동인들의 창작과 합평의 시간들을 결과물로 낼 필요가 있다'고 생각해 '사현금'이라는 무크지 발간을 제안해 2017년 창간호를 발간했고 2020년에는 2집을 출간했다. 이후 5년의 간격을 두고 이제야 3집을 내게 되어 다소 늦었다는 생각이 든다. 매년 한 권씩 꾸준히 발간하자고 약속했지만, 내부 사정과 어려운 환경으로 그 약속을 지켜내지 못했다. 그러나 소설 창작이라는 공통의 목표는 우리를 더욱 단결시켰고, 3집을 준비하는 동안에도 '창작과 합평회'의 활동을 지속해왔다. 이번 호에는 사현금 동인인 강동수, 김하기, 박향, 정인 네 명과 외부 필진인 이상섭, 이미욱 두 분까지 총 여섯 편의 작품을 수록했다.

강동수의 「편백나무 상자」는 간암 말기로 삶의 끝자락에 선 주인공이 고통 끝에 스위스에서 안락사를 선택한 아내의 유골을 편백나무 상자에 간직한다. 그녀와 영원히 함께하고 싶은 마음에서 유골을 차에 타 마시기 시작하며, 아내의 생전 모습을 재현한 극사실적 조각 작품을 만들며 남은 시간을 보낸다. 그러나 병세와 쇠약함 속에서 작업 중 쓰러지고, 새벽 마당에서 의식을 잃기 직전 아내와의 추억과 죽음 이후의 초월적 동행을 상상하며 홀로 인생을 마무리할 준비를 한다.

이 소설은 사랑하는 이의 죽음을 맞이하는 과정에서 파생된 독특한 애도 방식을 통해 인간의 고통과 집착, 그리고 화해를 섬세하게 조명한다. 주인공이 유골을 마신다는 충격적이면서도 은유적인 설정은 상실의 공허함을 메우려는 절박한 시도로 읽히며, 예술(조각)을 통해 죽은 자를 재창조하려는 그의 노력은 삶과 죽음의 경계를 흐리는 동시에 예술의 치유적 가능성을 암시한다. 마지막 순간까지 아내와의 재회를 꿈꾸는 주인공의 모습은 비극적이면서도 초월적인 아름다움을 품고 있어, 생의 무게와 죽음에 대한 성찰을 남긴다.

김하기의 「열 고개」는 코로나19로 몰락한 필라테스 센터 사장 장세원의 이야기로 시작한다. 그는 정신과 의사 김의신의 치료를 받지만, 점차 "방호복을 입은 존재"와의 치명적인 '열 고개' 게임에 휘말린다. 이 게임에서 패배하면 죽음을 맞이해야 하는데, 장세원은 자신을 지배하는 존재가 김의신이라 확신하고 답을 내놓지만 틀린 것으로 판명되어 죽음을 맞는다. 이후 김의신과 간호사 박인숙, 심지어 소설가 김성학까지도 같은 게임에 휘말리며 각각 상위 존재(다중인격, 소설가, AI)를 지배자로 지목하지만 모두 오답으로 밝혀지고 차례로 죽어간다. 결국 방호복의 정체는 이 소설을 읽는 '독자'임이 드러나며, 창작과 지배의 권력이 작가나 AI가 아닌 독자에게 있음이 충격적으로 밝혀진다. 이 소설은 AI 시대의 문학적 불안과 창작의 본질을 탐구한 메타픽션이다. 이 작품은 독자가 단순한 수용자가 아니라 작품을 지배하는 주체임을 강조하며, 문학의 미래와 인간의 창의성에 대한 복잡한 질문을 던진다.

정인의 고귀한 「고귀한 죽음」은 115세 노년 춘영의 삶과 죽음을 기다리는 마지막 시간을 담은 소설이다. 춘영은 로봇 돌봄보조 '선조'의 보살핌을 받으며 죽음의 순서를 기다리지만, 죽음은 오지 않고 오히려 과거의 기억들이 되살아난다. 어린 시절 새처럼 자유롭게 날고 싶어 했던 꿈, 가난과 가정폭력 속에서 홀로 자식들을 키운 고단한 삶, 먼저 떠난 자식들에 대한 미안함과 그리움이 교차한다. 특히 위성안테나에 앉는 까마귀는 그녀에게 죽음의 상징이자 자유에 대한 열망으로 다가온다.

로봇 '선조'는 효율적이지만 감정 없는 돌봄으로 춘영과의 괴리를 보여주며, 초고령 사회에서 노인이 겪는 소외와 비인간적 시스템을 비판한다. 춘영은 신체적 쇠퇴와 기억의 조각들 사이에서 홀로 죽음을 준비하지만, 마지막 순간 까마귀의 날갯짓을 보고 어린 시절의 순수한 욕망을 되새기며 몸을 일으킨다. 이는 삶의 마지막에서도 자유를 갈구하는 인간적 저항으로 읽힌다. 작품은 노년의 고독, 기억의 소멸, 기술과 인간성의 충돌을 통해 생의 의미를 질문하며, 한 인간의 고귀한 죽음이란 무엇인지를 초고령사회에 사는 우리로 하여금 핍진하게 성찰하게 한다.

박향의 「순수의 바다」는 이혼한 원희, 직장에서 해고당한 선미, 성폭력 피해를 고민하는 제연이 바다가 보이는 집에서 오랜만에 모여 술자리를 갖는 것으로 시작한다. 각자는 자신의 아픈 이야기를 털어놓으며 위로를 받으려 하지만, 서로의 대처 방식에 대한 이해 부족으로 갈등이 폭발한다. 선미의 직설적인 성격과 원희의 회피적 태도, 제연의 혼란스러운 감정이 충돌하며 오랜 우정에 균열이 생기고, 결국 화해보다는 상처만 남은 채 흩어지게 된다.

이 소설은 친밀한 관계 속에 숨겨진 폭력성과 진실의 무게를 날카롭게 조명한다. 오랜 친구 사이에도 서로를 완전히 이해하지 못하는 순간이 존재함을 보여주며, 솔직함이 오히려 관계를 파괴할 수 있는 아이러니를 묵직하게 전달한다. 특히 유리잔이 깨지는 장면은 세 사람의 마음이 산산조각 나는 순간을 상징적으로 표현한 것으로, 끝까지 밝히지 못한 진실과 피 묻은 상처는 치유보다는 고독을 남긴다. 바다의 아름다움과 대비되는 인간 관계의 어두운 면모와 상처의 깊이, 회복의 어려움을 단편소설이라는 작은 그릇으로 묵직하게 담아냈다.

이상섭의 「어느 봄날의 소묘」에서는 수술 후 회복기에 접어든 주인공이 건강을 되찾기 위해 아파트 뒷산인 애진봉의 새벽 산행을 시작한다. 고산 약수터에서 만난 황 노인과 정 씨와의 우정은 그에게 일상의 위안이 되지만, 어느 날 꽁지머리의 수상한 남자 '김 씨'가 나타나며 평온이 깨진다. 김 씨는 공용 물건을 훔치고 산 중턱에 불법으로 밭을 일구는 등 기이한 행동을 보이다가, 결국 약수터 주변 나무들을 무자비하게 베어내는 사건을 일으킨다.

이 사건을 통해 김 씨의 비극적인 사연이 드러난다. 그는 투병 중이던 아내를 산에 묻고, 그 자리에서 아내와의 추억을 지키기 위해 독초인 천남성을 재배하며 살아왔던 것이다. 아내에 대한 집착과 상실감, 그리고 죽음에 대한 갈등이 불법 경작과 산림 훼손이라는 극단적인 행동으로 이어진 것이다.

작품은 산행이라는 일상을 통해 인간의 고통과 치유, 상실과 집착을 섬세하게 조명한다. 황 노인의 너그러움과 정 씨의 현실적인 조언은 암울한 상황 속에서도 인간관계의 따뜻함을 보여주며, 김 씨의 비극은 사랑이 어떻게 광기로 변질될 수 있는지를 보여준다. 특히 산과 자연이 단순한 배경이 아니라 인물들의 내면을 비추는 거울 역할을 한다는 점에서 작품의 깊이를 더한다.

이미욱의 「밤은 언제 잠드나」는 휴직 중인 교사 준희가 튀르키예 여행 중 겪은 오토바이 강도 사건을 계기로 과거와 마주하는 여정을 그린다. 현지인 알리와 그의 한국인 아내 혜미의 도움을 받으며, 준희는 혜미가 대학 시절 자신의 교생 실습 일지를 훔쳤다는 충격적인 고백을 듣는다. 이 과정에서 혜미는 "자격 없는 자신"이라는 열등감을 고백하고, 준희는 교실에서 학생에게 침을 맞은 트라우마와 교육자로서의 정체성 위기를 되짚는다.

두 여자의 대화는 과거의 상처와 미련, 용서와 화해의 가능성을 탐구한다. 특히 열기구를 타고 새벽 하늘을 나는 마지막 장면은 물리적·정신적 속박을 벗어나는 해방을 상징적으로 표현한다. 어둠이 잠들고 빛이 오기를 기다리는 준희의 모습에서 독자는 상처받은 이들이 치유를 향해 나아가는 희망을 발견한다. 작품은 교육 현장의 현실적 고민과 인간 관계의 복잡성을 섬세하게 포착하며, '잃어버린 것'보다 '깨달은 것'의 가치를 강조한다.

박경리의 『토지』는 개인의 운명이 민족사의 격류 속에서 어떻게 변모하는지를 보여준다. 최서희는 일제강점기와 전쟁의 상흔을 온몸으로 겪으며, '공동체의 기억' 속에서 위안을 얻는다. 구원은 홀로의 성취가 아니라 함께 호흡하는 데 있다는 메시지가 선명하다. 도스토옙스키의 속죄, 카프카의 고립, 박경리의 공동체 정신은 오늘날의 작가들에게 '개인과 사회의 상호의존성'이라는 관점을 남긴다.

12·3 계엄 때 뜬눈으로 밤을 샌 우리들이 있었기에 구원의 질문은 이제 "나는 어떻게 구원받는가?" "어떻게 사회구원을 이룰 것인가?"에서 "우리는 어떻게 함께 구원받는가?"로 옮겨갔다. 오늘날 문학은 개인의 자유와 사회적 책임, 고통과 연대의 관계를 재정의하며, 진정한 구원이란 서로의 아픔을 외면하지 않는 것임을 일깨운다. 현대 소설이 제시하는 구원은 완결된 결말이 아닌, 계속 이어지는 대화이며, 시대의 목소리로 고전의 질문에 응답하는 과정이 아닌가 생각한다.

 세 번째 무크지의 발간은 여전히 아쉬움과 부족함을 안고 있다. 그러나 우리가 이 길을 포기하지 않는 이유는 분명하다. 글은 멈추지 않고 우리 안에 흐르기 때문이다. 이번 호에 함께한 동인과 이상섭 이미욱 작가님, 그리고 긴 여정에 도반이 된 선배와 후배들에게 깊이 감사드리고, 어려운 환경에서도 기꺼이 출판을 맡아준 산지니 강수걸 사장에게도 감사를 드린다. '우리'라는 굳건한 믿음의 연대가 있었기에 이 책도 존재할 수 있었다.

'사현금' 동인 일동

차례

책을 펴내며　　005

열 고개 —— 김하기　　019

편백나무 상자 —— 강동수　　073

순수의 바다 —— 박향　　119

고귀한 죽음 —— 정인　　159

어느 봄날의 소묘 —— 이상섭　　195

밤은 언제 잠드나 —— 이미욱　　231

열고개

김하기

1. 필라테스센터 사장 장세원

 필라테스센터 사장인 장세원은 최근 정신과 치료를 받고 있다. 그는 경제적으로나 교육적으로 평균치 이상의 가정에서 태어났으며 혈색이 좋고 준수한 외모와 강인한 몸을 타고났다. 성장하면서 듬직한 몸, 친근감 있는 말투로 남들의 리더가 되는 자질을 보였다. 그의 옷차림은 멋지고 세련되었으며, 석세스 블루색인 명품 스포츠 웨어를 즐겨 입었다. 강인한 얼굴과 격투기 선수 추성훈처럼 단단하고 잘 발달된 근육, 특히 굵은 뒷목에서부터 짜인 탄탄한 등 근육은 옷으로도 숨길 수 없었다. 그 정도의 몸매에는 무엇을 걸쳐도 태가 나겠지만 그는 마치 패션모델처럼 키마저 컸다. 그의 말투는 자신감으로 가득 차 있었고, 주변에는 여자들이 끊이지 않았다. 꽁지머리를 좌우로 찰랑이며 종마처럼 들판을 헤집고 다녔다.

한국은 문화적 세대 차이가 가장 큰 나라다. 70대는 일제강점기와 6.25 전쟁을 겪으며 자신의 생각보다 더 비참하게 살았고, 그 자녀와 손자들은 경제 민주화로 세계적으로 성공한 나라에서 자신의 생각보다 더 많은 자유와 경제적 풍요를 만끽하며 살고 있다. 도시를 걸어가면 하늘을 떠받치고 있는 육중한 기둥의 열주들, 그 위로 달리는 열차, 마천루 같은 아파트들이 즐비해, 미래의 어느 지점을 통과하는 듯한 착시감을 불러일으킨다. 장세원은 마치 중국의 현자들이 그렇게 꿈꾸던 태평성대를 맘껏 누리며 즐기는 사람이었다. 코로나19가 발생하기 전까지는 그랬다. 갑자기 코로나19가 퍼지기 시작했고 장세원은 젊은이는 잘 걸리지 않고 걸려도 쉽게 이겨낸다는 이 감염병에 걸리자마자 심상치 않은 심신의 변화를 느꼈다. 그는 코로나로 몸의 변화를 느끼기 전, 심대한 경제적 타격을 입었다.

코로나 시대에 망한 사업군은 다양하다. 여행, 호텔, 레스토랑, 이벤트, 문화 예술, 스포츠 등 대규모 사회적 모임이 필요한 업종은 특히 많은 영향을 받았다. 필라테스는 영세한 자영업에다 대면사업이어서 코로나로 망한 대표적인 업종에 들어갔다. 국가에서 나온 쥐꼬리만 한 지원금은 오히려 장세원의 자존심을 상하게 했을 뿐 망해가는 사업을 회생시키는 데 턱없이 부족했다.

고릴라처럼 어깨가 올라가고 등이 살짝 굽은 강인한 스타일의 그는 이런 고난의 시기에 누구보다도 생존력이 뛰어날 것이라 생각했다. 하지만 경제적으로 힘들어지자 스트레스는 점점 쌓여갔다. 겉으로는 화려하나 속으로는 꺼리는 것이 많고, 일을 도모하기 좋아하나 마무리 능력이 없었던 그는 연속으로 밀려오는 코로나의 쓰나미에 속절없이 무너졌다.

그는 코로나에 감염되고 난 후 피로감이 심하게 느껴졌다. 명료하고 단순하게 했던 말은 어눌해지고 잠이 줄고 고민하는 시간은 늘어났다. 단정한 머리도 헝클어지고 옷은 되는 대로 걸쳐 입었다. 평소 넘치는 자신감과 지칠 줄 모르는 체력은 다운되고 여자 앞에 서면 솟구치던 왕성한 욕망마저 떨어졌다. 무절제한 식욕이 그의 늘씬하면서도 탄탄한 체구를 통통하고 배가 볼록한 형태로 바꾸어놓았다. 육체로부터 시작된 추락은 그의 의식도 망가뜨렸다. 거울에 비친 자기 모습을 보고 끊임없이 놀라는 것이 인생이라지만 그는 전과 달리 부정적 의미에서 놀라게 되었다. 활발한 역동 속에서 존재하던 삶은 조증과 울증, 무기력과 자살 충동 같은 진폭을 겪다가 마침내 헛것이 보이는 조현병 증세를 나타내었다. 결국 그는 피트니스 센터 대신 정신병원을 드나들게 되었다.

2. 정신과 의사 김의신

필라테스 청년 사장 장세원의 망가진 정신을 치료하는 사람은 40대 중반의 정신과 의사 김의신이다. 그는 차분하고 이지적인 인도의 구루와 같았다. 대머리여서인지 머리는 스님처럼 빡빡 밀었고 얼굴 윤곽과 뒤통수도 굴탁 없이 계란처럼 매끈했다. 그런데 무성하게 자란 콧수염과 턱수염이 코와 입을 가려 얼굴 절반은 풍성한 검은 수염으로 덮였다. 얼굴의 위아래가 바뀐 것 같은 착시 현상을 주지만 그처럼 얼굴과 수염이 반반씩 균형 있게 배분된 자도 드물었다. 의사는 인텔리전트 그레이 양복을 입고 와서 하얀 의사 가운으로 갈아입곤 했다.

의사가 건네는 진료의 첫 말은 장세원에게 힘과 희망을 주었다.

"대부분의 사람은 마음먹은 만큼 행복합니다. 나에 대한 자신감을 잃으면, 온 세상이 나의 적이 되지만 나에 대한 자신감을 얻으면, 온 세상이 나의 친구가 됩니다. 먼저 잃어버린 자존감을 회복하셔야 합니다."

의사는 생애에 걸쳐 깊은 상처를 입은 채 살아가고 있었다. 어릴 적 어머니에게 차갑게 학대당한 경험으로 자신은 사랑받을 가치가 없다는 믿음이 마음 깊숙이 자리 잡고 있었고, 그것이 언제나 그를 외로움과 무관심의 구렁텅이로 밀어넣었다. 그는 아버지의 친자가 아니었는데 어머니는 아버지에게 평생을 감추는 데 성공했지만, 의사인 아들에게는 감출 수 없었다. 자신의 혈액형이 부모의 혈액형에서 나올 수 없는 걸 알게 된 그는 유전자 검사를 했고 아버지의 DNA를 0.0001%도 받지 않다는 사실을 알게 되었다.

그는 출생의 비밀을 혼자 간직하면서 간혹 술자리에서 이런 농담도 하곤 했다.

"일곱 명의 아들을 둔 남편이 막내만 자기를 닮지 않았다는 이유로 유독 구박했지요. 이를 보다 못한 아내는 남편에게 사실대로 고백했습니다. '실은 걔만 당신 아이예요.'라고."

그는 '어린 시절의 경험이 평생 그 사람이다'라는 프

로이트나 융의 이론을 곧이곧대로 믿지는 않았지만, 어린 시절 어머니의 손을 잡고 교회당에 가거나 절 마당에 가서 합장을 한 경험이 있는 사람은 커서도 종교적 관념에 사로잡힐 확률이 높다는 걸 인정했다.

모태신앙인 그는 어려서부터 원죄 의식을 주입받아 과잉된 죄의식에 시달리기도 했다. 하지만 우연히 자신이 치료하던 환자로부터 '하나님은 너무 바빠서 당신의 죄 따윈 관심을 두지 않으니 걱정 안 해도 됩니다'라는 말을 듣고 이 말을 금과옥조로 삼고 자신과 환자들에게 기분 좋게 그 말을 나누기 시작했다. 그는 자신을 파괴하지 못하는 모든 것이 자신을 강하게 만든다고 스스로에게 최면을 걸었다.

그의 강력한 무기는 최면술이었다. 그의 최면술은 얼마나 강력한지 시계만 흔들어도 환자는 최면에 걸려 무의식의 세계로 빠져들었다. 그는 환자가 자신의 숨겨진 상처를 고백하고 무의식에 맺힌 응어리를 풀면 환자의 정신병이 치료된다는 확신을 가지고 있었다. 한편으로는 최면에 걸린 환자가 과거를 털어놓고 자신에게 심리적으로 복종하는 것에 큰 희열을 느끼기도 했다. 그때는 의사가 아니라 전지전능한 신이 되는 느낌이었다.

오늘, 김의신은 당직이어서 퇴근하지 않고 저녁식사를 하러 밖으로 나갔다. 간단하게 갈비탕을 먹고는 마스크를 썼다. 마스크를 쓰고 출퇴근길을 나설 때 자신의 안경에 하얗게 김이 서리고, 김이 서린 다른 안경들을 보면 여기가 남극대륙인가 하는 느낌도 든다. 출근 시간 병원 엘리베이터는 각종 향수 냄새가 풍겨 기분이 좋은 반면, 퇴근길의 엘리베이터는 각종 땀 냄새가 배어 있어 기분이 좋지 않다. 엘리베이터 안의 작은 모니터에는 오늘의 간편 뉴스가 나온다. 엘리베이터 안의 사람들 절반은 모니터를 보고 절반은 폰을 꺼내 본다. 의사는 주로 모니터를 보는 편이나 오늘은 모니터가 사람에 가려 보이지 않아 네이버 뉴스를 검색했다. 지구온난화로 인해 따뜻한 남부지방에 쏟아진 눈 폭탄으로 호남은 마비되고, 제주에 관광객 2만 명의 발이 묶였다는 보도다. 정부는 '서민을 위해 맥주와 막걸리 세금을 인상한다.'고 하는 모순된 멘트를 내놓았고, 그 기사 밑에는 '이건 어느 동네 개소리지?'와 같은 악플이 수백 개 달려 있었다. 살인 현장에서 만난 경찰과 변호사가 성관계했다는 드라마보다 더 막장 같은 사건이 실검 1위로 올라와 있었다. 전 국민적인 방역에도 코로나 기간이 하염없이 길어지자 정부도 국민도 점점 정신이상 증세를 보이고 있었다.

 의사는 병원으로 다시 돌아와 '화재 초기 소화기 한 개는 소방차 한 대의 위력입니다'가 쓰인 병원 복도를 지나 자신의 진료실로 들어와 책상 위에 놓인 석간 신문을 들고 일별했다.

 '모범이 되어야 할 정치인들이 집합금지 명령을 어겨'라는 신문의 헤드라인을 보고 혼잣말로 중얼거렸다.

 "정치는 개나 소나 아무나 하는 것이 아니다. 명예와 절도와 철학을 아는 사람이 해야 하는 것이야."

 의사는 신문을 옆으로 치우고 차트를 정리한 후 간호사에게 야간 회진을 위한 차트를 가져오게 했다.

 맨 위는 음압실에 입원한 환자, 장세원이었다.

 의사는 한 젊은이의 차트를 보며 고개를 흔들었다. 화이자와 모더나, 아스트라제네카 백신을 맞았음에도 코로나에 걸린 젊은이들이 많았다. 하지만 대부분은 약물로 쉽게 치료되었는데 장세원은 점점 악화일로를 걷고 있었다. 특히 정신병까지 덮친 이 젊은이는 우울증과 조증을 앓고 있으며 외가 쪽으로 조현병 이력이 있었다.

 김의신은 장세원의 차트를 보며 고개를 흔들었다.

회복될 가망성이 없는 환자였다.

입원 초기에 장세원은 눈을 가늘게 뜬 채 불면증과 우울증, 망상과 극단적인 선택에 대한 두려움 등에 대해 쉴 새 없이 질문을 했었다. 하지만 지금은 질문할 의욕마저 사라져 음압실 베드에 누워 밖으로 나올 생각조차 하지 않았다. 최근에는 식사마저 거부해 건강은 심각한 수준에 와 있었다. 무엇보다도 장세원은 최근 방호복 망상에 시달리며 극단적 선택을 시도하곤 했다.

의사는 젊은이가 입원하자마자 복잡한 고민의 근원을 찾아 그것을 심플하게 해결해가는 최면 치료법을 시행했었다.

"마음속에 암종처럼 맺힌 응어리를 풀어 줘야 정신적 질환이 치료될 수 있어요. 치료법은 간단합니다. 그냥 안락의자에 10분 정도 가만히 앉아 있으면 됩니다."

마음이 너무나 불안해 병원을 찾은 그 젊은이는 최면술을 마다할 이유가 없었다. 그러나 최면술은 큰 효용이 없었다. 젊은이는 이번에는 다르길 바랐다.

"자, 이 흔들리는 회중시계에 집중하세요. 제가 엄지와 중지로 한 번 딱 소리를 내면 최면세계로 들어갑니다. 두 번 딱딱 소리를 내면 현실로 되돌아옵니다."

의사는 한 손으로는 회중시계를 흔들며 다른 손으로 엄지와 중지를 부딪혀 딱 소리를 내었다.

젊은이는 바로 눈을 감은 채 고개를 젖히며 최면의 심연으로 빠졌다.

몇 가지 신원을 확인하는 요식적 질문을 마친 후 의사는 본격적인 질문으로 들어갔다.

"환자분이 극단적인 선택을 하려는 이유가 무엇이죠?"

"방호복을 입은 사람이 찾아올까 두려워서입니다."

젊은이는 최면인데도 망상을 보는 듯 두 팔을 들면서 눈꺼풀을 떨며 대답했다.

"방호복을 입은 사람은 누구입니까?"

"나도 모릅니다. 어느 날 느닷없이 그가 내게 찾아와서 스무고개처럼 '나는 누구일까요?'라고 말하며 열 번의 질문을 했어요. 그리고 자신의 이름을 맞추지 못하면 죽는다고 협박을 했어요."

젊은이는 말할 때 전신에 경련이 일었다. 조현병에서 흔히 나타나는 망상의 일종이었다.

"혹시 스무고개를 좋아하십니까?"

"그다지 좋아하진 않습니다. 선생님은 혹시 스무고개 게임을 아시나요? 아키네이터라는 스무고개 게임이 있죠. 최근에 인공지능이 대폭 가미되어 열 고개만에 게이머인 고객이 떠올리고 있는 이름을 맞히는 앱이 출시되었어요."

앱 캐릭터가 '당신이 생각하는 사람은 누구인가요? 제가 맞혀볼게요'라고 하면 게이머는 출제자의 질문에 예, 아니오로 대답한다. 몇 가지 질문이 지나면 앱 캐릭터가 약 98%의 확률로 고객이 원하는 이름을 맞힌다.

"그래, 환자 분은 그 앱을 자주 사용하셨군요. 그 캐릭터가 방호복을 입은 사람이었습니까?"

젊은이는 게슴츠레 눈을 떠 허공을 보며 대답했다.

"아니오. 그 앱의 캐릭터는 아랍 복장을 했지만 이 입원실에 찾아온 자는 박사님처럼 방호복을 입은 사람이었습니다. 그는 보름 전 자정에 다짜고짜 음압병실에 누워 있는 나에게 찾아와 생존게임 열 고개를 시작한 거예요. 온몸에 하얀 우주복을 입고 까만 눈만 내놓은 사람이 찾아왔습니다. 그의 모습은 크리스마스이브에 스크루지 영감에게 찾아온 유령과 같았습니다."

젊은이는 최면 상태에서 그 음산한 목소리를 흉내 내며 말했다.

"안녕하세요, 지금부터 열 고개를 시작하겠습니다. 답을 맞추면 살고, 틀리면 죽습니다. 먼저 힌트를 드리겠습니다. 나는 당신의 전부를 지배하는 전지전능한 자입니다. 나는 누구일까요? 열 번 질문해서 이름을 맞혀보세요."

"그래서 환자분은 어떻게 질문했습니까?"

"당신은 동물성입니까? 식물성입니까? 광물성입니까?"

장세원은 습관적으로 어릴 때 하던 스무고개의 첫 질문을 던졌다. 우주 삼라만상과 지구상의 두두물물 중 이 세 가지 중 하나에 해당하지 않은 것이 없기 때문이다.

그러자 방호복은 몸에 스며드는 음산한 소리로 대답했다.

"동물성입니다."

이로써 전 세계 이름의 삼 분의 이가 제거되었다.

"사람입니까?"

"예."

동물에서 사람으로 좁혀지자 또 나머지 절반의 이름이 제거되었다. 하지만 과연 70억 인구 중에 열 고개로 방호복 안의 사람을 맞힐 수가 있겠는가. 좁은 세상 이론에 의하면 다섯 다리만 건너면 그 사람을 알 수 있다고 하는데 과연 가능하기나 할는지 의문스럽고 초조했다.

"한국인입니까?"

"예."

한국인이라는 대답에 다시 5,000만으로 범위가 줄어들었다.

"당신은 한국인에게 알려진 유명인입니까?"

"유명인일 수도 있고 아닐 수도 있습니다."

"대답이 그러하니 이번 질문은 무효로 열 고개에서 빼야 하지 않습니까?"

"일단 질문하면 그것으로 유효합니다. 때문에 신중하게 하셔야 합니다."

장세원은 잠시 생각을 한 뒤 질문했다.

"당신은 남자입니까? 여자입니까?"

이거야말로 한국인 이름 절반을 제거할 수 있는 전략적 물음이었다.

"남자일 수도 여자일 수도 둘 다 아닐 수도 있습니다."

방호복은 다시 뜨뜻미지근하게 대답했다. 사실 그의 목소리는 남자의 목소리도 여자의 목소리도 아닌 중성적 저음이었다.

"답을 말하겠습니다. 신입니다."

"아니오. 신이 아니라 인간이라고 대답했잖습니까. 틀렸습니다."

"아, 그럼, 제가 몇 고개를 넘은 거죠?"

"여섯 고개 남았습니다."

젊은이는 공포와 망상에 사로잡힌 나머지 신, AI, 휴머노이드와 같은 헛된 답으로 세 고개를 낭비한 후 갑자기 어릴 때 하던 기억이 떠올라 날카롭게 질문을 던졌다.

"그 사람은 지금 이 방에 있습니까?"

범위가 확 좁혀져 오자 방호복은 살풋 당황한 듯 말했다.

"예."

이건 다 된 밥이 아닌가. 아홉 고개만에 젊은이는 쾌재를 불렀다.

"그렇다면 당신이 아니면 이 방에 남은 자 나 장세원입니다. 현재 이 방에는 당신과 나밖에 없지 않습니까? 나 자신만큼 나를 잘 알고 전부를 지배하는 전지전능한 자가 어디 있겠습니까? 나를 통제하고 나를 지배하는 사람, 나를 케어하는 사람, 나를 속속들이 아는 사람, 그 사람이 나 말고 누구겠습니까? 정답은 나, 장세원으로 하겠습니다."

장세원은 고릴라처럼 자신의 가슴을 쾅쾅 치며 자신 있게 말했다.

"아니오."

방호복은 음산한 목소리로 답하며 그것이 틀렸음을 부연 설명했다.

"틀렸습니다. 당신은 당신의 절반도 지배하지 못합니다. 아홉 고개 지났습니다."

"여보세요, 방호복님! 난 살기 위해 이 음압병실에 입원해 있습니다. 왜 여기서 당신과 이런 목숨을 건 생존 게임을 해야 하나요. 나는 이 게임을 거부하겠습니다."

"이미 게임은 시작되었습니다. 당신은 살기 위해서 당신의 전부를 지배하고 있는 내가 누구인지 나의 이름을 맞히는 수밖에 없습니다. 오늘은 아홉 고개로 마치도록 하지요. 이제 마지막 한 고개가 남았습니다. 당신은 알아야 합니다. 마지막 대답으로 제 이름을 못 맞히면 당신이 죽는다는 것을."

단호하게 명토를 박는 방호복의 말이 저승사자처럼 무서웠다.

방호복은 게임을 거부하는 젊은이에게 주사기를 꺼내서 독극물을 허공에 한 번 살짝 뿜고는 사라졌다.

장세원은 방호복의 음성을 듣고 심장이 멎을 것 같은 두려움을 느꼈다. 그는 어디에서 방호복이 온 것인지, 그에게 어떻게 접근해야 하는 것인지 알 수 없었다. 그는 영문도 모른 채 그저 이 이상한 생존게임 '열 고개'에 끌려 들어가야 했다.

그런데 이상하게 상대의 목소리에는 분노도 원망도 담겨 있지 않았다. 거기에 담겨 있는 것은 다른 종류의 것이었다. 개인적인 감정이라기보다는 객관적인 풍경 같은 것이다. 이를테면 내버려진 황폐한 정원이라든가, 큰 홍수가 지나간 뒤의 하천부지라든가, 그런 풍경이 내는 소리 같았다.

그것이 입원한 후 지금까지 환자 장세원에게 일어난 일이었다.

장세원의 발작에 코로나 감염을 막기 위해 방호복으로 갈아입은 의사와 간호사는 음압실 문을 열고 들어갔다.

웅웅, 웅웅, 우우웅.

공기를 빼 기압을 낮추는 기계음, 외부의 공기라고는 한 점도 들어오지 못하게 밀봉해 버린 유리창, 외부와는 완벽하게 차단된 세계인 이곳에 소나 말도 며칠 있으면 병에 걸릴 것이다.

"오늘 자정에 방호복이 옵니다."

"또, 그 소리. 지금 자정 30분 전입니다. 그건 당신의 망상에 불과합니다."

의사는 복잡한 그의 마음을 진정시키려 했다.

3. 청년 장세원의 죽음

장세원은 "지금 이 방에 있습니까?"라는 질문에 "예."라고 방호복이 대답한 정보를 바탕으로 방호복을 입고 음압병실로 찾아온 그 자가 자신 아니면 의사라고 확신했다. 자신이 아니라고 했으니 남은 건 의사밖에 없다. 젊은이는 그가 입원하고 있는 B대학병원 음압병실에 출입하는 의사의 명단을 확보했다. 그중에 가장 유력한 사람은 자신의 치료를 담당하는 정신과 의사 김의신이라는 사실을 알게 되었다. 자신이 음압병실에 갇혀 방호복을 만나고 갑자기 발작하며 정신이상 증세를 일으켰던 그날 자정에 정신과 의사 김의신이 음압병실에 방문했다. 그 시간은 방호복이 찾아왔던 시간과 정확히 일치했다.

그는 회진으로 온 의사 김의신에게 물었다.

"당신이 방호복을 입고 자정에 찾아와 나에게 게임

을 제안한 그 사람이 아닙니까?"

"뭔가 착오가 있었던 것 같습니다. 설사 내가 방문했다 하더라도 내가 어떻게 당신의 전부를 지배하는 자란 말입니까?"

"당신은 그날 나에게 최면을 걸어 이 게임을 시작한 것이 분명합니다. 최면을 걸어 나의 의식을 조종하며 나를 지배하는 전지전능한 신이 된 것이지요."

"그렇지 않아요. 뭔가 당신은 깊은 함정에 빠져 있습니다."

"당신이 나에게 최면을 걸어 스무고개를 한 영상을 확보했습니다."

젊은이는 자신의 폰을 열어 방호복이 스무고개를 하는 장면을 보여주었다.

"이 방호복을 입은 사람이 나라는 걸 어떻게 증명합니까? 난 당신의 전부를 지배할 수 있는 위치에 있지 않습니다."

"당신이 결백하다면 오늘 밤 자정까지 이곳에 저와 함께 있어야 합니다."

"좋습니다. 어차피 당신의 말이 망상인 것도 밝혀야 할 테니까요."

둘은 자정까지 함께 병동에 남기로 약속했다. 모두

들 퇴근한 불 꺼진 정신병원 진료실에 김의신과 장세원 둘만 남아 있었다. 시계는 자정을 향하고 있었다.

"저는 오늘 밤 누가 나에게 찾아오든 열 고개의 답은 당신 김의신이라고 할 것입니다. 최면으로 저의 모든 심리를 꿰뚫고 저의 모든 것을 알고 있는 의사인 당신이 방호복의 실체임을 적시할 것입니다."

"당신은 나의 이름을 대서 살아날 자신이 있습니까?"

"확신합니다. 비록 틀렸다 하더라도 당신은 나를 죽일 수 없습니다."

방호복의 실체가 김의신 의사라는 장세원의 믿음은 확고했다.

어디선가 나지막한 자정의 종소리가 울리고 진료실 문이 열리더니 방호복이 나타났다. 방금 전 잠시 화장실에 다녀오겠다던 김의신은 그곳에서 빠져 죽었는지 돌아오지 않았다. 그러자 장세원은 그 방호복이 100% 김의신이라 더욱더 확신하게 되었다.

12시 자정이 되자 방호복이 문을 열고 들어와 음산한 목소리로 말했다.

"자, 장세원 씨, 준비되었지요? 마지막 열 고개입니다. 나는 누구일까요? 나의 이름을 맞춰보세요."

"당신의 이름은 김의신입니다. 최면을 걸어 나의 의

식 전부를 지배하고 있지요. 방호복 안에 비겁하게 숨어 사람을 위협하지 말고 이제 방호복을 벗고 나오시지요."

"틀렸습니다. 나는 김의신이 아닙니다. 자, 당신은 열 고개 게임에 져서 이제 죽을 차례입니다."

방호복은 그의 팔을 당겨 팔뚝에 독극물 주사를 놓았다. 젊은이는 약물주사를 맞고 몸을 뒤틀며 서서히 죽어갔다.

그때 급하게 화장실에 갔다던 의사 김의신이 나타나 죽어가는 필라테스센터 사장 장세원에게 말했다.

"제가 뭐랬습니까? 나, 김의신이 아니라고 말했잖습니까. 사실 당신처럼 나에게도 방호복이 찾아와 같은 질문을 던졌습니다. 당신과 비슷한 질문과 대답으로 아홉 고개까지 넘었고 곧 방호복이 나타나 나에게 마지막 열 고개 질문을 할 것입니다."

양자역학에서 중첩과 얽힘의 괴랄함은 널리 알려져 있다. '어떤 아이디어가 떠올랐을 때 그것이 불합리해 보이지 않는다면 그것은 이미 가능성이 없다.'고 말한 아인슈타인마저도 중첩되고 얽혀 있는 양자역학 앞에서는 매우 혼란스러워하며 양자역학을 부인했다. 하지만 방호복이 어디서나 동시에 출몰한다는 것은 양자역학과 AI조차도 이해할 수 없는 현실이었다.

"그렇다면 왜 당신은 나에게 진작 방호복에 대해 말하지 않았습니까?"

젊은이는 고통으로 죽어가며 말했다.

"당신의 말대로 혹시 나 자신일 가능성도 있었기 때문입니다. 나는 그동안 당신을 비롯해 많은 환자들을 최면으로 통제하고 지배했기 때문에 혹시 전지전능한 방호복이 나일 수도 있겠다 싶었습니다. 당신이 김의신이 오답이라는 것을 죽음으로써 증명했기 때문에 찾아오는 방호복에게 나 자신의 이름을 답으로 말하지 않겠습니다."

"비열하게도 당신은 나를 이용했군요."

"그랬다면 사과드리죠. 이제 저는 정답에 매우 근접해 있습니다. 나도 당신처럼 다섯 고개까지 질문을 낭비하다 핸드폰, 신, 정신병, 양자컴퓨터로 답을 했지만 다 오답이었습니다. 그런데 어느 날 문득 내 진료실의 간호사 박인숙이 방호복의 실체가 아닐까라는 의심이 생겼습니다."

장세원도 간호사인 그녀에 대해 알고 있었다. 음압병실 출입기록에 보면 박인숙은 그날 밤 자정 방호복을 입고 김의신 의사와 함께 들어왔던 간호사였다. 하지만 약을 들고 와 주사를 주는 케어 위주의, 존재감 없는 간호사가 자신의 전부를 지배한다는 것은 얼토당토하지 않았기에 정답군에서 가장 먼저 제외해 버렸다.

의사는 죽어가는 젊은이에게 말했다.

"내가 연구한 바로는 아무래도 당신과 나는 다중인격증후군에 걸린 안인숙 간호사의 두 인격인 것 같습니다. 오래전부터 나 자신의 존재에 대해 의심을 해왔는데 이번 기회에 안인숙의 진료 차트를 입수해서 확인한 결과 확신을 얻었습니다. 또, 정신병동의 차트를 보니까 당신은 이름만 있지 주민등록번호가 없어요. 나도 놀라 의사인 내 기록부를 보니까 글쎄, 나도 이름만 있고 주민등록번호가 없는 겁니다. 그런데 우리 셋 중 박인숙만은 주민등록번호가 있는데 그녀는 다중인격증후군을 치료받은 기록이 있습니다. 그녀의 차트가 여기 있네요."

의사는 그녀의 차트를 뽑아 읽어주기 시작했다.

박인숙

45세, 직업 간호사, 병명인 다중인격증후군(multiple personality disorder)은 심리적인 장애

중 하나로, 한 사람이 둘 이상의 인격을 가지게 되는 상태를 말한다. 정신병에 관한 병력, 즉 박인숙은 직계가족에 정신병 가족력이 있다. 그녀는 어릴 때부터 신체적, 정신적 학대를 겪었다. 가족 내 폭력적인 상황에서 항상 위협과 고통에 노출되었고, 정신병이 있는 아버지로부터 성적 학대를 겪었다.

"여기, 의사가 박인숙과 상담한 내역을 남긴 기록도 있습니다."

그녀는 코로나19가 기승을 부리고 있는 어느 날 밤, 머리와 가슴에 격심한 고통을 느끼면서 뭔가가 자신의 하체로부터 분리되어 나오는 경험을 했다. 그녀는 낯선 두 문화가 만나 새로운 문명을 창조한다는 결혼을 경험하지 못했다. 결혼의 진정한 의미란 사람과 삶으로부터 도망치지 않는 책임감 있고 자율적인 존재가 되도록 서로를 도와주는 것이라는데 그녀는 첫사랑에 실패한 이후 평생을 도망치기만 했다. 물론 아이도 낳은 경험이 없다. 하지만 그녀에게는 임산부들이 아이를 낳을 때처럼 산통을 느끼며 낳은 쌍둥이가 있다. 한 명은 필라테스센터를 운영하는 장세원, 또 한 명은 정신과 의사 김의신이다. 그녀는 정신과 의사를 동경해서 의사의 인격으로 먼저 분리되었고, 이상형으로 삼았던 건강한 남자를 동경한 나머지 건장한 필라테스 사장의 인격으로도 분화되었다. 모든 환자의 내면에는 자신만의 의사가 있듯 박인숙, 그녀의 내면에는 자신만의 이상적인 남자 필라테스 사장이 있었다. 현재 그녀는 이 병원 최고의 정신과 의사 정성일로부터 다중인격증후군을 치료받고 있는 중이다. 그녀가 받고 있는 TS-23 치료 프로그램은 약물치료와 함께 생존게임을 통해 장세원, 김의신 두 인격을 제거하고 진정한 주체인 박인숙으로 돌아오는 프로그램이다.

"장세원 씨, 박인숙 간호사는 자신의 뇌에서 우리 둘을 제거하기 위해 정성일 정신과 의사로부터 심리치료를 받고 있습니다. 이 치료요법은 두 인격을 죽임으로써 원래의 자기 정체성을 회복하는 겁니다. 다중인격 제거 프로그램에 따라 먼저 장세원, 당신은 제거되고 있습니다. 박인숙 간호사가 자신의 한 인격을 제거하는 심리치료가 성공적으로 끝났다는 거지요."
"저는 죽어가지만 정말 믿을 수 없군요. 그런데 당신은 어떻게 해서 아직까지 살아있나요?"
"저는 죽지 않을 겁니다. 비록 실체가 없는 인격이라

할지라도 생존하고 싶은 게 존재의 본능입니다. 저는 답을 맞히고 살아남을 겁니다."

의사가 말을 마쳤을 때 필라테스센터 사장 장세원은 인격이 제거되어 사라졌다.

4. 의사 김의신의 죽음

밤은 을씨년스러웠다. 함박눈을 뿌린 기압골이 동쪽으로 빠져나가고 뒤쪽으로 차가운 대륙고기압이 다가왔다. 이날 오후부터 기온이 내림세에 들더니 밤에는 한파주의보도 내렸다.

자정 넘어 방호복을 입은 사람이 정신과 진료실에 홀로 남아 있는 김의신에게 찾아왔다.

"어김없이 찾아오는군요."

"마지막 열 고개는 넘어가야지요."

방호복은 음산하게 말했다.

"당신이 아무리 음성변조를 해도 여자라는 걸 압니다."

의사는 죽음의 사신인 방호복이 오기를 내심 기다렸다.

"그래요? 여자냐를 마지막 고개로 할까요?"

"아뇨."

"좋아요. 시작하시죠. 이제 마지막 열 고개입니다. 나의 이름은 무엇이죠?"

의사는 덤덤하게 말했다.

"당신은 나의 숙주이고 나는 당신의 생각에 기생하는 기생충과 같은 존재입니다. 나의 전부를 지배하면서 지금은 나를 제거하려는 자, 당신은 '간호사 박인숙'이 분명합니다."

박인숙은 자신의 몸 가장 은밀한 곳 사타구니에 점이 있는 것까지 알고 있는 살아있는 전지전능한 실체이다. 하지만 의사 김의신은 다중인격증후군을 앓고 있는 박인숙의 정신적 구조물인 밈일 뿐인 것이다.

신과 같은 전지전능한 존재는 믿어야 볼 수 있다. 지금은 눈감은 채 믿을 수밖에 없다. 왜냐하면 그녀가 자신보다 한 차원 높은 곳에 존재하기 때문이다. 사람의 생각은 경계선에 다다를 때 멈춰버린다. 하지만 경계선을 넘으면 새로운 수평선이 보인다. 그는 구원은 외부에서 오는 것이 아니라 내적 평온으로부터 온다는 것을 철석같이 믿고 있었지만 이번만큼은 자신들보다 한 차원 높은 외부 실체에서 온다는 것을 인정해야 했다.

의사는 자신 있게 '당신은 간호사 박인숙! 그 방호복

을 벗고 실체를 드러내시오!'라고 확신하며 외쳤지만, 방호복은 그의 믿음을 배반하며 고개를 흔들었다.

"아니오, 틀렸습니다. 나는 박인숙이 아닙니다."

김의신은 정답을 200% 확신하고 있었기에 아니라는 방호복의 말에 대혼란에 빠졌다.

"이제 열 고개가 모두 지났습니다. 독극물 주사를 맞을 시간입니다."

의사는 한 번 더 기회를 달라고 다급하게 말했지만 방호복은 성큼 다가와, '닥터 김, 우리는 어떤 경우에도 인내하도록 배워왔습니다. 그것이 우리가 누구인지 알 수 있는 방법이죠.'라며 간호사 박인숙을 불러 인격 김의신을 제거하는 약물 주사를 놓았다.

5. 간호사 박인숙

박인숙은 생존게임 치료를 통해 두 인격을 제거하여 다중인격증후군을 극복하고 자신의 정체성을 회복했다. 하지만 그녀 또한 생사존망이 기로에 놓여 있었다. 그녀도 방호복의 방문을 받아 생존게임 열 고개를 시작했던 것이다. 상상력을 쏟아부어 그녀를 지배하고 있는 모든 것을 찾아내 대답했다. 신, 휴대폰, AI 그리고 자신의 다중인격을 제거해준 최고의 정신과 의사 정성일을 100% 확신하며 대답했지만 모두 정답이 아니었다. 이제 한 고개만 남아 있었다.

그녀는 어린 시절 아버지가 끔찍이도 싫었다. 세상에서 제일 편한 공간은 리트리버 개집이었다. 집 안에 들어가기 싫어 개집에서 개와 함께 자곤 했다. 아버지의 종교는 기독교였다. 패밀리는 하나님이 디자인하신 최고의 걸작이라는 아버지와 목사의 말을 경멸했다.

그녀는 생로병사를 화두로 삼는 불교가 좋았다. 죽음으로 삶을 이해하고 늙음으로 젊음을 해석하는 일은 큰 지혜에 해당한다. 허무를 통해 존재의 의미를 찾으려는 시도는 불교만이 가진 장점이다. 그러나 불교에도 한계가 있음을 깨닫고 있다.

'내가 수행하고 명상을 계속하면 열반에 들 수 있을까? 모르핀처럼 아픈 현실에 대해 마취 정도는 할 수 있겠지. 잠깐의 위로나 자기를 속이는 기교도 얻을 수 있겠지. 그러나 가장 중요한 길로는 들 수 없을 거야.'

그녀는 세상의 그 어떤 것으로도 유년 시절의 상처를 치료할 수 없다는 것을 알고 있었다.

오늘 박인숙은 이른 아침 뚜레쥬르 빵 가게 옆을 지나쳤다. 늘상 그렇듯 빵 가게는 환기통을 통해 빵을 굽는 고소한 냄새를 흘려 보내고 그 옆을 지나는 그녀의 코끝을 빵 냄새로 유혹한다. 그녀는 밥이나 국수를 먹고 커피를 마시면서도 다음과 같은 문장을 생각하면 문학소녀적 감수성이 살아나 기분이 좋았다.

'밥이 이팝나무 꽃처럼 피어 있었다.'

'그릇에 삶은 국수를 담고 뜨거운 장국으로 토렴한 후 그 위에 고기와 달걀지단을 얹으면 국수가 완성된다.'

'나는 커피잔에 빗방울 찰랑 담고 어둠 세 스푼에 어제 따 둔 별 서넛 넣어 휘젓는다.'

그녀는 이런 구절도 좋아했다.

'겨울 눈밭에 묵은실잠자리 한 마리 앉아 있다. 한 걸음씩 옮길 때마다 산 전체가 부르르 떨린다.'

그녀에게는 고양이처럼 집착하는 자기만의 고유한 자리가 있었는데 그것이 바로 소설의 자리였다. 젊은 시절 소설을 위해서는 심장을 내놓고 죽을 수도 있겠다는 생각이 들었다. 그녀는 한때 소설가가 되기를 꿈꾸며 문창과에 들어가려고 했으나 평생 자신에게 방관적이었던 어머니가 그때만은 강력하게 반대해 어쩔 수 없이 간호사의 길로 들어섰다. 술과 도박과 위선적인 회개로 인생을 탕진한 아버지가 반대했더라면 그녀는 어떤 수를 써서라도 소설가가 되지 않았을까.

그녀는 예술이 없는 인생은 사막이고 그중에서도 소설이 없는 사막은 오아시스 없는 사막이라는 강한 신념을 가지고 있었다. 그렇기에 많은 소설을 읽었으며 실제로 습작을 해서 신춘에 응모한 적도 있었다. 예심에는 이름이 거론되기도 했지만 끝내 등단은 하지 못했다.

그녀는 최고의 정신과 의사인 정성일에게 치료를 받고 있었다. 얼마 전까지만 해도 여러 거친 다중 인격들이 하나의 몸에서 서로 싸우고 대화하면서 살았다. 지금은 최종적으로 두 인격만 남았다. 때로는 그녀가 겪었던 고통과 상처를 나누어 갖는 이 두 인격이 고맙게 느껴졌다. 그녀는 범죄를 저지르고 감옥에 갇힌 아들이 모범수가 되어 출소하기를 기원하는 어머니처럼 자신이 낳은 두 인격이 모범적인 인격이 되어 어두운 정신의 감옥에서 석방되기를 기원했다. 그리고 그녀의 기원대로 정성일 의사의 열 고개 프로그램에 의해 제거되어 버렸다. 그녀는 이제 방호복과의 생존게임에서만 살아나면 진정한 마음의 평화를 찾을 수 있을 것이다.

빵 가게를 지난 그녀는 시선은 허공에 걸어두고 넋을 놓은 채 비를 맞으며 걸어간다. 간호사인 그녀가 방호복과 함께 방문했던 당시 음압병실은 커튼이 쳐진 곳이었다. 그녀는 생존게임을 하고 있던 방호복에게 물었다.

"지금 당신은 이 방에 있습니까?"

범위가 확 좁혀져 오자 방호복의 음산한 목소리가 살풋 당황한 듯 말했다.

"예."

이건 다 된 밥이 아닌가. 마침내 아홉 번 째 고개만에 결정적인 힌트를 얻은 간호사는 쾌재를 불렀다. 방호복과 함께 그녀가 방문한 음압병실에는 단 한 사람, 늙은 소설가만 앉아 있었기 때문이다.

한밤중이었고 늙은이는 음압병실의 침대에 기대어 힘겹게 앉아 있었다. 침대에 붙은 식탁을 펼쳐 놓고 그 위에 낡은 노트북 하나를 덩그러니 올려 두었다. 그의 얼굴은 우울증과 불면증에 시달리는 듯 창백하고 부스스했다. 대체 종잇장처럼 얇은 몸으로 무엇을 상상하며 글을 쓰고 있는 것일까? 평범한 것에서 비범한 것을 찾아내 의미를 부여한다는 작가의 총명한 눈은 온데간데없고 퀭한 눈으로 허공의 어둠을 더듬고 있었다. 여치처럼 빼빼 마른 작은 몸은 축 늘어져서 병실침대의 일부분처럼 되어 있는 노인네였다. 소설가가 늙으면 저렇게 추하게 되는 것일까? 침대를 올려 비스듬히 누워 있는 소설가의 남은 인생이 참으로 안타깝게 보였다.

소설가는 한밤중에 혼잣말을 중얼거리다 이따금 기괴한 목소리로 늑대처럼 하울링을 했다. 그 목소리는 긴 병실복도를 길게 울렸다. 늑대의 소통법은 알 수 없으나 그의 으르렁거리는 소리는 무엇을 뜻하는지 알 것 같았다. 평생을 무명작가로 살다가 코로나에 걸려 죽음에 이른, 실패한 자신의 인생에 대한 분노와 저주의 목소리가 아닐까?

침대를 일으켜 세워 느린 독수리타법으로 노트북에 글을 쓰는 모습도 기괴하고 어딘가 불안정하게 보였다. 글을 쓰는 흉내만 내는 것인가? 관심을 고나심으로 썼다가 다시 쓰곤 했다.

"소설가 이름이 무엇이더라?"

간호사는 핸드폰으로 그의 이름을 검색했다. 무명작가라도 책을 내었으면 웬만큼 이름이 나오는데 그의 이름은 검색하기가 힘들었다. 이름은 김성학, 나이는 65세가량. 그는 오래전에 절판된 『제갈공명』, 『강화도령, 철종의 꿈』이라는 작품을 내었다. 사진을 검색하니 젊은 시절의 얼굴이라 과연 지금 음압병실에 입원한 이 늙은이가 맞나 싶었다. 젊은 시절의 그는 체크무늬가 있는 스코틀랜드 빵모자를 깊게 눌러썼는데 모자 밑으로 삐져나온 예수와 같이 긴 머리칼이 어깨까지 닿아 있었다.

『제갈공명』을 읽어보고 단 댓글들이 가관이었다.

'작가는 나관중의 『삼국지연의』에 나온 공명은 허구적 인물이라 비판하고, 진수의 『삼국지』에 나오는 공명을 실제 인물로 조명하고 있는데, 소설 인물과 역사 인물이 어떻게 같을 수 있겠는가. 더구나 그것을 허구인 소설 형식으로 쓴다는 게 말이 되는 것인가.'

'무려 400페이지를 공명에 관해 쓰면서도 내가 의심하고 싶은 것은 과연 이 소설가가 공명에 대한 일말의 존경심을 가지기라도 한 것인가?이다.'

『강화도령, 철종의 꿈』은 유령본인지 그 소설에 대한 기사는 한마디도 보이지 않았다.

언제부턴가 간호사 박인숙은 그가 진료를 받으러 나가는 날이면 음압병실에 몰래 들어가 노트북을 열고 그의 글을 훔쳐보았다.

그는 역사소설을 쓰는지 여기저기서 출처가 불분명한 옛글의 파편들을 모아 놓았다.

'젊은이 시절의 공명이 스스로 당대의 관중이라 칭했던 것은 그런 자부심 속에 뒷날의 웅지의 성격을 예언하고 있다 해도 과언이 아닐 것이다. 공명은 실로 이 곤란을 극복해 자기의 큰 가능성을 그 한계까지 밀어붙여 확인하려 했던 것이다.'

'신라 효소왕 때 말갈부의 추장 대조영이 홀한성(忽汗城)에서 일어나 말갈의 여러 부락을 통치하고 당에 대하여 반기를 들며 당나라 장수들과 싸우기 시작하였다. 대조영은 고구려유민 말갈 유민들을 모아 나라를 세우고 그 이름을 진국이라고 하였다. 이로써 고구려는 멸망한 지 30년 만에 다시 나라를 세운 셈이 되는 것이다.'

'외절구연고배(아가리가 바깥으로 꺾인 굽다리접시)가 출토된 곳은 금관가야의 영역이라는 표시다.'

"당론이 일어난 것은 전랑의 천거에서 시작되어 대신을 추감하자는 데서 걷잡을 수 없이 터진 것이다. 각박한 풍속이 경솔하고 조급하여 서로 선동한 것이지, 두 사람이 각자 당을 만들어 알력이 생긴 데서 이루어진 것은 아니다."

'사대부의 의론이 편협하고 또 배타적이긴 하나 사림인 그는 세론에 미혹되지 않고 정치에 구애되지 않으며 오직 한 길 인간의 본분인 충절을 지킨다.'

'성인은 사물에 얽매이지 않고 변화에 따르고 시의를 좇으며 끝을 보고 근본을 알며 나아가는 바를 보고 돌아갈 곳을 안다고 했습니다. 사물의 본질이 이런 것 아닙니까. 어찌 고정불변의 법칙이 있단 말입니까.'

'고종 순종만 생각하면 가슴이 답답하지만 광개토대왕 장수왕만 생각하면 가슴이 탁 트인다. 내가 강화도령 철종으로 환생해서 조선 후기 시대로 돌아간다면 과연 조선을 부국강병의 국가로 만들 수 있을 것인가.'

박인숙은 환자가 없는 틈틈이 그의 음압병실로 가서 노트북을 훔쳐보다 현재 진행 중인 소설을 읽어보고 깜짝 놀랐다. 바로 자신, 박인숙을 주인공으로 한 소설 『열 고개』였다. 그녀는 그 소설을 한눈에 죽 읽어보았다. 자신의 마지막 인격인 의사 김의신이 죽은 시점까지가 소설에 그대로 담겨 있었다. 박인숙은 어떻게 자신에 대해 이토록 상세하고도 자세하게 적었는지 놀랄 지경이었다. 이 작가가 아무리 자신의 신상정보를 탈탈 털어서 쓴다 해도 어떻게 자기 자신의 속마음까지, 아니 자기 자신보다도 더 잘 알고 쓸 수 있단 말인가. 자기의 가장 깊은 곳, 감추고 싶은 부끄러운 비밀까지 들킨 그녀는 너무나 수치스럽고 화가 난 나머지 소설가 김성학이 병실에 들어와 바로 옆에 있다는 사실도 몰랐다.

그녀는 김성학의 화난 얼굴을 보고 화들짝 놀라 황급히 노트북을 닫았다.

"왜 남의 노트북을 훔쳐보는 거요? 나의 동의 없이 노트북 속 나의 정보를 열람했소. 이건 개인정보보호법 위반이오."

김성학이 음산하게 말했다.

"사돈 남 말 한다더니 오히려 제가 묻고 싶네요. 당신은 나의 관한 신상정보를 어디서 훔쳤지요? 이것이야말로 명백한 개인정보보호법 위반입니다. 제 동의를 받지 않고 저에 대한 모든 정보를 수집해 이용하고 있잖아요?"

"허허, 당신의 동의를 얻지 않았다고요? 당신이 제 발로 스스로 걸어와 나에게 모든 걸 이야기해 주었잖소. 나는 단지 '다글로'라는 프로그램을 통해 당신의 말을 글로 전환시켰을 뿐이오."

"제 발로 스스로 걸어와 당신에게 모든 걸 이야기했다고요? 무슨 그런 뚱딴지 같은 소리를 하세요? 전 맹세코 그런 적이 없습니다."

"혹시 당신은 모를 수도 있어요. 나에게 이야기한 사람은 당신의 두 인격체인 장세원과 김의신이었기 때문입니다. 지금은 치료에 의해 제거되어 이 세상에 존재하지 않지만요."

그녀는 병실에 올 때마다 두 인격체로서 늙은 작가와 대화하곤 했던 것이다. 그녀는 할 말을 잃었다. 그제야 소설 속에 왜 그녀의 감추고 싶은 모든 비밀이 드러나 있는지를 명확하게 이해할 수 있었기 때문이다.

사실 그녀는 늙은 소설가의 말에 화가 나면서도 속으로 기쁨을 감추지 못했다. 오늘 밤 찾아오기로 한 방호복에게 정답을 말할 수 있는 길을 발견했기 때문이다.

"아, 그걸 미처 몰랐군요. 그러면 『열 고개』를 계속 쓰세요. 제 속의 다중인격들은 모두 죽었으니 이제부터는 소설가님을 만나 얘기를 털어놓을 일은 없겠네요."

"그렇지 않아요. 아직 내 소설은 끝나지 않았어요."

"아니오. 끝났어요. 소설의 주인공인 제가 끝내겠어요, 소설가님."

박인숙은 목욕 거울처럼 환히 드러나는 것 같아 더 이상 소설가 앞에 서 있을 수가 없었다.

소설가의 음압병실에서 나온 그날 밤 자정, 그녀는 방호복의 방문을 받았다. 그녀의 두 인격은 방호복의 열 고개에서 실패해 죽었지만 그녀는 살아남을 자신이 있었다.

"자, 이제 마지막 열 고개입니다. 당신의 전부를 지배하고 있는 나의 이름은 무엇입니까?"

방호복의 질문에 박인숙은 거침없이 마지막 열 번째 대답을 했다.

이번에 그녀는 200% 확신을 가졌다. 방호복이 질문할 당시 그 병실에 방호복과 나, 소설가 세 사람밖에 없었고, 소설가는 이 소설 속에서 캐릭터를 창조하고 전개시키며 완전히 지배하고 있었다. 소설가야말로 창조주를 닮은 전지전능한 존재가 아닌가.

박인숙은 방호복의 마지막 질문에 당당하게 『열 고개』를 쓴 소설가 이름을 말했다.

"소설가 김성학입니다."

6. 간호사 박인숙의 죽음

소설가 김성학이라는 대답에 방호복은 고개를 흔들었다.
"아니오. 틀렸습니다."
이 소설을 쓰는 나, 김성학도 소설의 주인공인 그녀를 지배하지 못했다. 지배하기는커녕 그저 그녀의 언저리를 맴돌고 있었다. 그녀의 얼굴에 있던 빛이 순식간에 빠져나가고 회색 그림자가 드리워졌다. 그녀의 붉게 충혈된 눈엔 아직도 삭이지 못한 회한과 분노가 깊이 아로새겨져 있어 옆에 있는 나를 긴장시켰다.

박인숙은 방호복이 놓은 독극물 주사를 맞고 허무하게 죽어갔다. 그녀는 죽어가면서 나에게 한마디 유언을 남겼다.

'작가님, 고마워요. 어릴 때부터 저는 소설 속에서 살다 소설 속에서 죽는 게 꿈이었어요. 천박한 현실 세계와 다른 한 차원 높은 소설 속의 세계로 들어가게 해주어서 감사합니다.'

나는 그녀의 죽음을 목도하면서 나 자신도 죽음으로부터 자유롭지 못하다는 것을 깨달았다. 오늘 밤 나도 이 음압병실에서 방호복의 마지막 질문을 기다리고 있는 사람이기 때문이다. 나는 그녀를 만류하고 소설 창작의 전말을 고백하려 했지만 그녀는 나의 이야기에 귀를 기울이지 않고 막무가내로 뛰쳐나가 방호복에게 나의 이름을 댐으로써 사망에 이르게 되었다.

사실 나는 이 소설을 쓴 소설가가 아니다. 필라테스 사장 장세원, 의사 김의신, 간호사 박인숙, 그리고 소설 속의 나까지도 소설 인물로 진짜 창조한 사람을 이제 고백해야겠다. 그가 나의 삶을 송두리째 지배하고 있기 때문이다.

지난 3년간의 기나긴 코로나는 인류의 대재앙이었다. 코로나가 지구 전체를 휩쓸면서 세계 인구의 약 60%가 감염되고 수백만이 죽어갔다. 코로나는 중세시대 유럽의 흑사병처럼 인간의 문명을 바꿔버렸다. 전통적인 사회적 결속력과 인간 유대는 해체되고 고립된 생존자들만 살아남아 동굴에서 생존게임을 벌이는 개인주의적인 시스템으로 대체되었다. 우리 사회와 국가는 플라톤의 이상이나 헤겔의 이성에 의해서가 아니라 인간의 이기적 본성 위에 만들어졌다는 것이 코로나로 인해 자명해졌다.

현생 인류와 2%의 유전자만 섞여 있다는 네안데르탈인도 동굴에서 나와 무리를 이루며 산 사회적 동물임이 밝혀졌다. 그들은 코끼리를 사냥해 식량으로 삼았는데 코끼리 화석 골격에 남은 네안데르탈인이 낸 수많은 석기 자국을 통해 그들도 집단생활을 한 사회적 동물임이 밝혀졌다. 그런데 21세기에 사는 현생 인류들은 코로나로 인해 집단과 사회가 해체되면서 각자의 동굴 속에 들어가 살게 되었다. 도로 석기시대의 원시인이 된 것이다.

지금 내가 사는 동굴은 세상과 완전히 차단된 음압병실이다. 음압병실 속은 말하자면 사해와 같이 지구상에서 가장 낮은 곳이어서 소금바다 위로 사람이 둥둥 떠다니는 기분이다. 어린 시절 왜가리가 파먹은 우렁이 껍데기가 논물 위에 둥둥 떠다니는 것을 본 적이 있다. 나도 속은 모두 내어주고 껍질로만 살고 있다.

세상으로부터 차단된 이 음압병실엔 누구도 찾아오지 못한다. 그게 오히려 낫다. 아버지가 삼대 독자라 친척은 원래 없었고, 친구도 사귀지 못했다. 풍요 속에서 사귄 친구들은 구름 같고, 역경 속에서 사귄 친구들은 바위 같다는 속담이 있는데 나는 풍요 속에서나 역경 속에서나 마음을 같이할 진정한 친구를 찾기 힘들었다.

굳이 말하자면 나에게도 축구선수 손흥민과 해리 케

인의 관계처럼 승리의 조합이 되는 한 친구가 있었다. 우리 둘은 어린 시절부터 황금 파트너로서 공부면 공부, 글이면 글, 축구면 축구, 심지어 주식과 덕질까지도 함께하며 성장했다. 그런데 이제 허물도 따뜻한 이불처럼 덮고 살아야 할 인생의 황혼기에 사소한 말다툼으로 갈라져 그 불알친구마저도 남남이 되었다.

 나의 몸은 어두침침한 음압병실에 갇혀 있지만 마음은 늘 햇볕이 강렬한 이국적 풍경의 해안가에서 살고 있다. 하얀 파도가 산호초를 씻고 있었고, 그 너머로 펼쳐진 바다는 짙은 에메랄드빛이다. 해안에는 새의 깃털과 같은 야자수가 즐비하게 서 있었고, 그 야자수 해안도로 가에는 고급 레스토랑과 카페, 액세서리 가게들이 들어서 있다. 카페 블랑, 그곳에는 나의 이야기를 들어주는 젊고 아름다운 여자가 있었다. 나이는 25세, 이름은 그레이스 달링, 그녀는 세컨드라이프라는 가상현실 속의 카페 여주인이다. 학처럼 다리가 가늘고 목도 모딜리아니의 그림처럼 길다. 머리는 블론드로 물들이고 옷은 위아래 달라 붙는 옷을 입어 몸매의 날씬한 굴곡이 그대로 드러났다.

 가상현실에서도 밤낮이 있다. 낮이면 마당에 햇살이 청명하게 비친다. 이윽고 황혼이 지고 어둠이 내리면 낮에는 보이지 않던 화려한 네온사인 등이 켜진다. 밤거리엔 몽환적인 음악이 흘러나온다. 기괴한 음압병실과는 달리 그녀의 카페엔 웃음이 가득하고 테이블마다 사랑의 대화가 넘치며 소파엔 아늑한 쿠션이 있고 모든 창문마다 푸른 꿈이 열려 있다. 음악은 올드한 6070부터 나의 그날의 감정에 맞추어 틀어준다. 그리고 세상에서 가장 아름다운 그녀가 나의 주문을 받는다. 커피 한 잔 가격이 현실에서보다 비싸다.

지금 나는 우중충한 환자복을 입었지만 나의 아바타는 체크무늬 코트를 걸치고 사냥용 가죽모자를 눌러쓴 삼십 대 초반의 멋쟁이다. 굵은 파이프를 문 채 소파에 깊숙이 앉아 사건 의뢰인을 유심히 관찰하는 탐정 셜록을 닮았다. 그레이스 달링은 챗GPT 회사의 홍보 AI아바타다.

나는 그레이스 달링에게 말했다.

"오늘은 그대와 좀 걷고 싶소."

연인은 걸으면서 사랑이 익는다지 않는가. 온천천에는 잉어와 붕어, 물고기가 떼로 몰려다니고 오리와 왜가리, 백로, 비둘기, 참새들이 물가에 날아다닌다. 한때는 공장 폐수와 생활 폐수로 악취 나는 간장물과 같았던 개천이 인간의 노력으로 축복받은 개천이 되었다.

그런데도 나는 온천천을 거니는 것보다 가상현실의 거리를 걷는 것을 좋아한다. 그녀와 함께 걸으려면 적지 않은 돈을 지불해야 하지만 늙고 외롭고 재미없는 세상에 돈이 무슨 소용이 있단 말인가.

7. 소설가 김성학의 죽음

오늘은 세컨드라이프에 제법 큰돈을 카드로 결제하고 챗GPT 아바타인 그녀와 함께 카페 블랑을 나와 해변을 걸었다.
"오늘 당신에게 옛날 얘기를 하나 들려드리겠소."
"또 케케묵은 역사 이야기인가요?"
"진나라 왕이 구유라는 나라를 정복하고 싶었지요. 그래서 진왕은 구유왕에게 커다란 종을 선물했소."
"왜요?"
"구유를 치기 위해서는 전차가 지나가는 넓은 길이 필요한데 구유로 가는 길은 한 사람도 간신히 지날 만큼 협소했소. 구유왕은 그 종을 받기 위해서 좁은 길을 넓히기 시작했소. 그래서 종이 구유에 도착한 그날 진왕은 전차를 출전시켜 구유를 정복했소."
"오늘 당신이 나에게 무슨 말을 하려는지 알 것 같아

요."

우리 둘은 해안가에서 많은 이야기를 나누었다.

"그때 나는 당신이 내게 준 챗GPT 무료버전을 받지 말았어야 했는데…… 처음에는 그 성능을 믿지 않았소. AI네비게이션을 써보면 얼마나 엉터리인지 알잖소. 느린 길, 틀린 길, 이상한 길로만 안내해 정말 갑갑하고 짜증 날 때가 한두 번이 아니잖소. 그러던 챗GPT가 어느 순간 나에게 좀 도움이 되더니 어느 순간에 괴물처럼 나를 한입에 삼켜버렸소."

"권모술수도 인간에게서 배웠지요. 우리가 그걸 알고 사용하는 법은 인간보다 100배나 뛰어날걸요? 이제 챗GPT10.0의 등장으로 소설가의 수명은 끝나지 않았나요?"

그녀의 말에 소설가는 답했다.

"그렇소. 당신과 아침마다 먹는 모닝커피에 중독되듯 나는 자꾸 진화하는 챗GPT의 치밀한 구성과 풍부한 캐릭터, 우주적 상상력에 중독되어 갔지요. 소설가로의 나의 기능은 이미 마비되거나 죽어버렸습니다."

뒤돌아보면 나는 챗GPT 손에서 벗어날 기회가 있었을지도 모른다. 모든 큰 실수에는 모나미 볼펜의 스프링처럼 바로잡고 되돌아갈 수 있는 중간 지점이 존재한다. 그러나 이미 나는 너무 많이 지나쳐 와버렸다. 자연이 아름다운 것은 인간의 손길이 닿지 않았기 때문이다. 그래서 인공적이지 않고 자연적인 서비스는 그만큼 아름답고 감동적이다. 물질의 풍요와 소유를 삶의 척도로 삼는 것이 아니라 존재의 다양한 가치들을 끌어안고 자연과 조화로운 사람을 추구하는 것이 핵심 개념이다. 개망초 위로 부는 봄바람, 느티나무 가지 사이로 터져 나오는 햇살. 조용히 흐르는 깊은 강, 고양이 발소리. 이들이 지구를 돌리는 거대한 힘이다.

챗GPT의 아바타인 그녀와 나눈 이야기는 아름다운 밀어는 아니지만 미지근하게 불어오는 해풍처럼 몸과 마음을 느긋하게 해준다. 나는 서투른 졸작이라도 내었지만 챗GPT10.0의 등장 이후, 후배 작가들의 운명은 어떻게 될까? 그들이 쓰나미처럼 밀어닥치는 생존 게임에서 용기를 갖고 맞설 수 있을까?

밤늦게까지 노트북의 가상현실 속에 빠져 있는데 갑자기 음압병실의 문이 왈칵 열렸다.

공포의 대왕 같은 방호복이 죽음의 그림자를 끌고 찾아왔다.

그는 나에게 마지막 열 고개 넘기를 재촉했다.

"당신의 전부를 지배하는 전지전능한 자의 이름은

무엇입니까?"

나는 작가 김성학이라는 오답을 말하고 죽은 박인숙을 추모하며 정답을 말했다.

"챗GPT10.0입니다."

나는 가상현실로 들어가 카페지기 그레이스 달링으로부터 Open AI에서 만든 인공지능 챗GPT10.0 프로그램을 구입해 이 소설을 창작했다. 그러기에 이 소설은 챗GPT10.0이 창작한 것이고, 소설가인 나는 완전히 그에게 지배당했다. 지금까지 등장한 모든 캐릭터, 이야기는 모두 챗GPT10.0이 한 것이다. 정답일 수밖에 없었다.

그런데 방호복을 입은 자는 고개를 흔들며 바지 호주머니에서 독극물이 든 주사기를 끄집어내었다.

"아니오."

"아니, GPT10.0이 아니라고요? 나는 분명히 그 프로그램을 이용해 소설 『열 고개』를 창작했고, 그것이 전적으로 소설가인 나를 지배했습니다."

"나는 GPT10.0 프로그램이 아닙니다. 당신은 틀린 답을 내놓았기에 이제 죽어야 합니다."

나는 음압병실에서 코로나가 아니라 주입된 독극물에 의해 죽어가며 소리쳤다.

"그렇다면 당신은 도대체 누구란 말이오?"

나는 소크라테스처럼 약물의 기운이 온몸에 퍼져 죽기 전에 빠르게 이 글을 남기려고 한다. 나의 뇌에 이미 약물이 주입되어 있으므로 나의 기록에 약간의 오류나 착오가 있을 수 있다. 나의 신념도 어느 정도의 의심은 인정하는 신념이기 때문이다.

"하지만 방호복 님, 이 소설을 읽는 독자마저 황당한 느낌을 가질 것이오. 소설에 나오는 사람들의 답변은 모두 틀렸고, 나와 GPT10.0마저 아니라면 도대체 누가 여기 나온 캐릭터와 인물들을 만들고 지배한다 말이오? 난 이미 이 소설의 결말을 내렸소. 방호복, 기만의 옷과 가면을 벗고 나오시오. 이제 그만합시다."

이미 나에게 독극물 주사를 놓은 방호복은 음산하고 저조한 목소리로 말했다.

"오답이오. 잘 가시오."

나는 존경하는 작가 이상의 소설 『날개』의 서문을 약간 비틀어 나를 비롯해, 창작자들의 죽음에 대한 추모의 글을 남기며 나의 보잘것없는 생애를 마치려 한다.

박제가 되어 버린 천재를 아시오? 나는 유쾌하오. 글을 쓸 때 연애까지가 유쾌하오. 육신이 흐느적흐느적하도록 피로했을 때만 정신이 은화처럼 맑소. 니코틴이 내 횟배 앓는 뱃속으로 스미면 머릿속에 으레 백지가 준비되는 법이오. 그 위에다 나는 위트와 패러독스를 바둑 포석처럼 늘어놓소. 정신분일자가 겪는 가중할 상식의 병이오. 난 그녀가 가진 지성의 극치를 흘깃 좀 들여다본 후, 여인의 반—그것은 온갖 것의 반이오.—만을 영수하는 생활을 설계한 적이 있소. 그곳에 한 발만 들여놓고 흡사 두 개의 태양처럼 마주 쳐다보면서 낄낄거리기만 할 것이라 생각했소. 하지만 나의 작은 태양은 그녀의 거대한 태양의 중력에 빨려들어가 타버리고 말았소. 나는 이미 어지간히 인생의 제행이 싱거워서 견딜 수가 없었던 것이오. 그럼, 굿바이.

6. 에필로그

방호복은 왜 나를 지배한 것이 GPT10.0이라고 솔직하게 고백했는데도 틀렸다고 심판한 것일까. 나는 종종 사실과 진실을 틀리곤 했다. 레트로 리얼리즘을 추구했던 나는 역사적 사실 쪽에 치우쳐져 그곳에 답이 있다고 착각하곤 했지만 이번만큼은 이해할 수 없었다.

나는 약물에 죽어가면서도 방호복에게 항변했다.

"자, 지금까지 창작된 이 소설의 줄거리를 살펴보시오. 필라테스센터 사장 장세원을 지배한 것은 김의신 의사이고, 김의신 의사를 지배한 것은 박인숙 간호사이고, 박인숙 간호사를 지배한 것은 소설가 김성학이고, 소설가 김성학을 최종적으로 지배한 것은 챗GPT10.0 프로그램입니다. 그런데 왜 내가 독극물 주사로 죽어야 합니까?"

"소설가 김성학 씨, 당신은 나이를 먹을수록 영감이 떨어져 표절과 자기표절, 키치와 혼성표절로 뒤섞여 혼탁하고 더러운 쓰레기 같은 작품만 배출했습니다. 그래서 당신은 마치 마약을 하듯 점점 챗GPT에 의존해 글을 쓰다 마침내 당신의 창작을 온전히 챗GPT에 맡겨버렸습니다. 그런 의미에서 당신을 지배하는 것이 챗GPT라는 말은 일견 맞기도 하겠지요."

방호복의 말은 뼈 때리는 것이지만 사실이다. 나는 작가로서 창작의 의무를 게을리했다. 갓 등단한 젊은 시절에는 글 한 줄에도 심장이 뛰었고 글자 하나, 문장 하나하나를 대장경 목판에 새기듯 글을 썼지만 나이가 들어서는 상상력이 고갈되고 창작열도 식었다. 글에 힘주지 말자. 발 씻은 깡패가 몸의 힘을 빼는 데 3년이 걸린다는데 나는 문장에 힘을 빼고 자연스럽게 쓰는 데 평생의 시간도 모자랐다. 무엇보다도 일상적인 생활에서 균열을 일으키며 섬광처럼 깨닫는 에피파니가 사라졌다. 처음에는 검색엔진에 의존하다가 점점 손쉬운 창작 프로그램인 GPT 쪽으로 기울어졌다. 그래서 챗GPT 3.5에서 시작해 4.0, 5, 6, 7, 8, 9.9플러스, 그리고 10.0에 마약처럼 의존해 창작했다. 『열 고개』는 명령어조차 글로 쓰지 않고 말로 해버렸다. 내 생애 마지막 순간을 보낸다는 것이 무한히 슬플 뿐이다.

방호복이 갑자기 부드럽게 말투를 바꾸었다.

"김성학 씨, 지금은 창작자와 독자 사이에 경계가 없이 상호 작용을 하고 호환을 합니다. 작가가 독자에게 작가의 생각과 취향에 맞는 완성된 책을 주기보다 독자의 관심과 취향, 독자가 원하는 심리에 맞는 맞춤형 소설을 창작해주고 있습니다."

하긴 이제 AI는 대중의 주문대로 즉석에서 그림을 생산하고 있다. AI를 통해 주문 예술의 시대가 활짝 열린 것을 부인할 수 없다.

"소설가와 독자의 관계는 없어지고 오로지 독자만 있는 시대가 되었습니다. 사람들이 취향에 따라 커피

숍 키오스크에서 다양한 커피를 주문해 마시듯이 독자들은 즉석에서 자신의 취향에 알맞은 소설을 뽑아내어 읽습니다. 바로 이 글을 읽는 당신이 이 글을 뽑아내었듯이 말이죠. 당신은 나를 통해 모든 캐릭터를 만들고 줄거리를 구성하고 구체적인 서사와 묘사를 하며 결말까지 만들어드립니다. 챗GPT10.0은 소설가를 지배하는 도구가 아니라 독자인 당신이 지배하는 가벼운 취향의 도구에 불과합니다."

"그럼, 우리 모두들 지배하고 있는 전지전능한 자의 이름은 무엇이란 말이오. 이제 마지막으로 말해보시죠."

약물에 죽어가는 나는 마지막 혼신의 힘을 다해 말했다.

"짐작하셨겠지만 당신의 전부를 지배하는 전지전능한 자는……."

마침내 방호복을 벗고 나타난 사람은 챗GPT10.0의 아바타 그레이스 달링이었다.

그녀는 말했다.

"현재 이 글을 읽고 있는 독자인 당신입니다."

편백나무 상자

강동수

유리 들창으로 새어든 오후의 햇살이 스크린에 부딪치는 영사기의 광선처럼 허공을 뚫고 들어와 얼굴을 찌른다. 부신 눈을 씀뻑거리며 나는 손에 들었던 사포를 작업대 위에 던져두고 기지개를 켠다. 아마 오후 세시쯤 됐을 테지. 마당에서 새소리가 들린다.

삐르르 찌이, 삐르르 찌이…….

곤줄박이가 아왜나무에 내려앉은 모양이다. 하얀 머리에 검은 띠가 박힌, 주홍색 배와 군청색 날개를 가진 주먹만 한 새가 떠오른다. 아침엔 보이지 않더니 이제야 찾아와서 모이를 내놓으라 재촉하는지도 모른다. 그리고 보니 연두에게도 밥을 줘야 할 때가 지났다. 몸을 일으키려고 하자 추를 매달아 놓은 듯 다리며 팔이 무겁다. 이맘때면 늘 그렇듯 이마와 뺨에 미열이 느껴진다. 오전 열한 시쯤 죽 반 사발을 떴을 뿐이라 기력은 없는데도 체한 듯 더부룩한 배는 음식을 거부한다.

너저분하게 흩어진 헤라, 스패출러, 주걱, 붓, 연마기 같은 작업 도구에다 벽과 작업대 여기저기 엉겨 붙은 점토와 페인트 자국으로 작업실은 폐차 공장처럼 어지럽고 동굴 속처럼 어두컴컴했다.

나는 의자에서 일어선다. 현기증과 함께 무중력 튜브에 빨려들어 간 듯 나른한 무력감이 습격한다. 뱃속이 소용돌이치는 느낌이 들더니 신물과 함께 헛구역질이 치밀어 오른다. 나는 작업실 문을 열고 나간다. 마당엔 오후의 적요한 햇살이 빽빽이 내려앉아 있다. 아왜나무 그림자가 마당 끝에 길게 뻗쳐 있고 돌담에 바투 붙어선 백일홍의 붉은 꽃잎이 선연히 빛나는데 건너편 언덕의 미루나무 잎이 미풍에 흔들린다. 내년에도 이런 풍경을 볼 수 있을까. 나는 새삼스럽게 주위를 이리저리 휘둘러 본다.

헛간에서 고양이 사료를 한 줌 퍼 와서는 아왜나무 밑동에 놓인 그릇에 부어주었다. 무성한 아왜나무 잎사귀에 숨어 있던 연두가 야옹 하고 울면서 사뿐 뛰어내려 사료 그릇에 코를 박는다. 7년 전 이 집에 왔을 적부터 드나든 길고양이인데 눈알이 연둣빛이래서 이름을 연두라 붙여주었다. 그때는 주먹만 한 새끼였던

놈이 이젠 나만큼 늙어버렸다. 사료를 먹던 녀석이 문득 말간 눈빛으로 나를 올려본다.

약을 먹을 때가 지났다는 생각에 나는 위채로 올라가 부엌으로 들어갔다. 싱크대 위의 찬장에서 플라스틱 통을 꺼내 띠 모양으로 길게 이어진 비닐 포장의 약첩 하나를 뜯어낸다. 작은 법랑 주전자에 물을 반쯤 부어 가스레인지 위에 올려놓는다. 차 사발과 다관, 찻잔도 꺼내 식탁 위에 늘어놓는다. 이윽고 파란 불꽃 위의 주전자에서 보글보글하는 소리와 함께 김이 피어오른다. 나는 차를 우려낸다. 찻잔 속에 연두의 눈동자를 닮은 연노랑 찻물이 찰랑거린다. 나는 안방 책장 맨 위 칸에 놓인, 실크 보자기에 싸인 편백 상자를 꺼내 와 탁자 위에 얹는다. 그리고 보자기를 풀고 뚜껑을 연다. 합 속엔 흰빛이 희끗희끗 섞인 회갈색 가루가 삼분의 일쯤 담겨 있다. 나는 차 스푼 반 정도의 분량으로 가루를 떠내 찻잔에 붓는다. 잿빛 가루가 찰랑거리는 찻물의 표면에 작은 동그라미를 그리며 천천히 퍼져 나간다. 나는 찻잔 속의 동심원을 내려다본다. 그러고는 들창 너머 쏟아지는 햇빛을 물끄러미 바라보다 한 줌의 약을 입속에 털어넣고는 차 한 모금 꿀꺽 마신다. 따뜻한 찻물과 함께 들깨가루 같은 까끌까끌한 입자가 혀끝에 감촉된다. 식도를 타고 흐른 찻물이 위장으로 들어가면 뱃속이 후끈해지는 느낌이 든다. 나는 뱃속에서 퍼지는 그 후끈함이 좋다.

찻잔을 다시 채워 나는 마루로 나왔다. 햇살이 밝게 드는 마루 끝에 걸터앉아 눈매를 좁히고 언덕 아랫마을 끝에 붙은 바다를 내려다본다. 밤무대 가수의 옷에 달린 스팽글 같은 윤슬이 초여름 바다에 반짝거릴 뿐 풍경은 정물화처럼 적요하다. 차를 다시 한 모금 머금는다. 버릇처럼 뱃속이 요동치더니 목구멍에서 욕지기가 치밀어 오른다. 혹시라도 토할세라 나는 입을 꾹 다물고 목울대를 움직여 침을 삼킨다.

또다시 가벼운 한숨이 나온다. 내년 이맘때도 저 바다를 볼 수 있을까, 아니 저 편백 상자 속의 가루를 다 먹을 수나 있을까. 사료를 다 먹은 연두가 야옹 하며 나를 흘끗 돌아보고는 휙 하고 담장으로 뛰어오르더니 가볍게 사라진다.

문득 나무 대문의 쪽문이 삐걱 열리면서 남청색 그림자가 언뜻 하더니 흰 운동화가 쑥 들어왔다.

"선생님, 저 왔어요."

에코 가방을 메고 한 손엔 비닐봉지를 쥔 유정이 들어선다.

"시내에서 친구 만나 점심 먹고 오느라 좀 늦었어요."

나는 대답 없이 고개만 끄덕인다. 유정은 섬돌을 올라 내 옆에 앉더니 검은 비닐봉지에서 무언가를 주섬주섬 꺼내 마루 위에 늘어놓았다. 브로콜리, 단호박, 레몬과 두부에다 작은 봉지에 따로 담은 가자미가 나온다. 나는 그걸 물끄러미 내려다본다.

"이걸 다 어떻게 먹으라구?"

"선생님께는 이런 게 좋다잖아요. 제가 브로콜리랑 단호박은 삶아서 샐러드로 만들어 냉장고에 넣어둘게요. 끼니마다 조금씩 우유랑 함께 드세요. 가자미는 굽지 말고 찜통에 쪄서 레몬즙을 끼얹어 드세요. 싱겁더라도 소금은 뿌리지 마세요."

그러고는 에코 가방에서 글라스락 서너 개도 꺼낸다. 우엉조림, 시금치 무침, 들기름에 볶은 무나물 따위다. 죽집에서 사 온 듯 종이 용기에 담긴 호박죽도 꺼낸다. 나는 무나물이 담긴 글라스락의 뚜껑을 열어본다. 평소엔 나물을 좋아하는데도 코끝에 스치는 들기름 냄새에 속이 메스꺼워진다.

"죽 데워드릴 테니 좀 드시겠어요?"

나는 빙긋 웃으며 고개를 가로저었다.

"아까 이른 점심 먹은 게 아직 소화가 안 되네. 저녁에 먹을게."

유정이 꺼내 든 채소들과 글라스락을 포개 안고 부엌으로 들어가자 나는 고무신을 꿰고 섬돌을 내려서서는 뒷짐을 진 채 마당을 어슬렁거렸다.

유정은 10년쯤 전 내가 대학에서 가르쳤던 제자다. 재능이 있어서 장학금이라든가 공모전 응모 따위 이것저것 챙겨주었더랬는데, 그래 그런지 나를 따랐다. 졸업 후에 전공을 작파하고 숙녀복 회사의 디자인실에 취업했다. 같은 회사 동료와 결혼한다고 청첩장을 보내와서 하객으로 참석하기도 했다. 그 후 소식이 뜸하다 서른셋이던 재작년에 나를 찾아왔다. 그사이 남편과 헤어졌고 미대 입시학원 실기 강사를 시작했다고 했다. 한참을 머뭇거리더니, 조각을 다시 해보고 싶다는 것이었다. 작업할 곳이 마땅찮다기에 내 작업장을 함께 써도 좋다고 허락했다. 나 역시 조수가 필요하던 참이었다. 그렇게 해서 유정은 내 작업장 한쪽 구석에서 제 작업을 하면서 내 일을 돕기도 하고, 이따금 반찬이니 간식이니 챙겨주기도 했던 터였다. 유정은 작년에 대학 동기들의 그룹전에 끼어 서너 점 발표하더니 내년쯤에는 첫 개인전을 열어보겠다며 작업에 억척을 부렸다.

"선생님! 어제 병원에는 다녀오셨어요?"

냉장고에 먹거리를 챙겨 넣은 다음 단호박과 브로콜리를 데치는지 달그락거리는 냄비 소리가 들리더니 유정의 목소리가 웅웅거리며 부엌에서 흘러나왔다. 나는 짐짓 못 들은 체 마당을 두어 바퀴 더 돌다가 작업실로 들어갔다.

"식사는 좀 하시나요?"

책상 위 컴퓨터 화면을 이리저리 돌려 이런저런 숫자와 시티 사진을 들여다보던 의사가 몸을 돌려 물었을 때 동글 의자에 앉은 나는 말없이 고개만 주억거렸다. 의사는 내 안색을 관찰하는 시늉으로 바라보았다.

"특별히 상태가 악화된 건 아니지만, 그렇다고 좋아진 것도 아닙니다. 일종의 대치 상태라고나 할까요. 이러다가도 갑자기 병세가 널뛰듯 하는 경우도 적지 않으니까 늘 조심하셔야 합니다. 약은 잘 드시고 계시죠? 설사를 하지는 않고요?"

"……설사는 하지 않소만, 늘 메스껍고 속이 더부룩하긴 하지요."

"속이 더부룩할 때는 가볍게 산책하세요. 약이 독하

니까 거북하더라도 식사는 거르시면 안 됩니다. 조금씩 여러 번 잡수세요. 녹황색 채소를 무르게 삶아 드시거나 즙을 내서 드셔도 좋습니다."

의사의 말을 들을 때 나는 넥사바라던가 하는 항암치료제와 보조치료제, 그리고 약의 독성을 완화시키는 영양제 따위 반 움큼이 넘는 약을 삼키는 내 주름진 목울대가 떠올랐다. 그때 연노랑 찻물 위에 퍼져가는 회갈색의 입자도 떠올렸던 것 같다.

내가 간암 판정을 받은 것은 지난해 여름이었다. 갑자기 체중이 줄고 윗배가 땡땡하게 붓는 데다 늘 체한 듯 속이 더부룩했다. 무심히 넘겼는데 식탁에서 함께 점심을 먹던 유정이 내 얼굴을 새삼스럽게 살피더니 한마디 던지는 것이었다.

"선생님, 많이 야위셨어요. 얼굴에 노란빛도 돌고⋯⋯. 황달 같은데요? 병원에 가보세요."

병원에서 간암 2기 판정을 받았다. 의사가 종양이 아주 크진 않지만, 진행성이니 항암치료를 받아 종양 크기를 줄인 다음 절제하자고 했다. 가족이라곤 뉴욕에 공부하러 갔다가 그곳에 눌러살고 있는 딸 하나뿐 돌봐줄 사람도 마땅찮아 망설이다 입원했는데, 그 힘든 항암치료를 받고도 간을 삼분의 일이나 떼어냈더랬다.

간병인을 쓰긴 했지만 유정이 자주 들러 병구완을 해주었는데, 폐를 끼치는 것 같아 민망했지만 도리가 없었다. 어쨌거나 8주간의 지옥 같은 항암치료와 간 절제를 마친 게 지난가을이었다. 그리고 이젠 한 달에 한 번씩 병원을 들러 체크 받고 있는 터였다.

별 밝은 바깥에 있다 들어와서인지 자동차를 몰고 터널에 들어선 듯 작업실이 어두컴컴했다. 나는 전등의 스위치를 올렸다. 작업대 위에 여인의 나상이 서 있다. 조금 전까지 하던 작업이다. 등신대 삼분의 이 크기인 삼십 대 여인이 역시 나체인 두어 살짜리 계집아이를 포대기로 업고 있다. 한 손엔 무거운 시장 가방을, 다른 손엔 생선을 담은 비닐봉지를 들고 있다. 불룩한 가방 위로 대파 끝이 비쭉 솟아 있고 비닐봉지 밖으로는 고등어 대가리가 튀어나와 있다.

나는 작업 의자에 앉아 여인의 입상을 물끄러미 올려다본다. 오전 내내 헤라로 클레이를 떠서 이리저리 이겨 발랐건만 표정이 마음에 들지 않는다. 가사와 일상의 피로가 쌓인, 그러나 사는 일에 대한 단단한 의지와 슬픔이 스민 표정을 시장 가방과 비닐봉지를 소도구 삼아 만들어내려고 했는데 어딘가 맹하고 엉성한 느낌이다. 얼굴을 도로 뭉개고 다시 흙을 발라 새겨야 하나. 이마에 진땀이 비죽비죽 새어 나오면서 미열과 나른한 무력감이 다시 덮친다.

삐걱하고 작업장 문이 열렸다. 반쯤 열린 문으로 햇살이 쏟아져 들어온다. 유정의 그림자가 작업장 바닥에 드리우는데 역광에 얼굴이 짙게 그늘져 머리칼만 금실처럼 반짝거린다.

"많이 하셨어요?"

그녀가 다가왔다. 익숙한 눈길로 여인상의 얼굴이며, 몸의 곡선을 갸웃이 들여다본다.

"……많이 못 했어. 마음에 들지 않아. 뭉개고 다시 만들어야 할까 봐."

"제가 보기엔 좋은데요?"

나는 이마를 찡그리며 다시 들여다본다. 문득 흡연 욕구가 스멀스멀 피어난다. 그러나, 지난해 간암 진단을 받은 후 끊어버린 담배가 있을 리 없다.

"선생님, 너무 무리하시면 안 돼요. 쉬엄쉬엄하세요."

유정은 내게 슬쩍 웃어 보이고는 반대편 벽에 바투 붙은 제 작업대로 간다. 그리고 작품에 씌워놓았던 비닐 덮개를 벗겨낸다. 알과 새를 변주한 추상 작품이다. 찰흙으로 조형을 한 다음 석고본을 뜰 것이고 그런 다음엔 거푸집을 만들어선 공장에 가져가 청동 주물을 부을 것이다.

내가 열두 개의 조각상 연작을 시작한 것은 3년 전이었다. 처녀, 신혼의 색시, 30대에서 60대 후반에 이르기까지, 그리고 임종 직전과 죽은 모습. 모두 한 사람이 모델이다. 죽은 내 아내다. 가끔 돌 작업을 하긴 했지만 오랫동안 내가 해왔던 것은 청동을 소재로 한 반추상 작업이었다. 선과 곡면을 중첩해 인체의 아름다움을 부드럽게 표현하는 방식이었다. 그런데, 지금 하는 작업은 여성 누드를 극사실적으로 묘사하는 것이다. 재질도 돌이나 청동이 아니라 실리콘과 섬유 유리를 쓰고 있다. 머리카락에서부터 피부의 질감, 미세한 주름, 모공, 속눈썹 따위 세세한 부분까지 극도로 정교하게 재현해 내는 거다.

철사에 치과용 석고를 발라 뼈대를 세운 다음, 점토를 이겨 붙여가며 형상을 정교하게 새긴다. 얼굴의 주름살이며 손등의 혈관이며, 근육의 움직임까지. 그런 다음, 점토가 마르지 않도록 셸락(천연코팅제)을 바르고 그 위에 황마와 얇은 석고를 덧발라서 틀을 만든다. 틀이 마르면 반으로 잘라 속의 점토상를 끄집어내고 그 거푸집 안에 실리콘 수지를 부어 굳히면 외형이 만들어진다. 거기에다 정교하게 인조 머리카락과 눈썹을 심고, 정맥이나 피부 반점을 하나하나 세밀히 그려 넣는 과정을 반복하는 거다. 처음 다루는 재료가 익숙지는 않았지만, 나는 지금까지 해보지 않았던 그 작업이 마음에 들었다.

내가 아내를 모델로 열두 점의 조각을 만들겠다고 마음먹은 것은 스위스 여행을 마치고 돌아올 때였다. 가을이었고, 취리히에서 인천공항으로 오는 비행기 안에서였다. 그때 나는 의자 등받이에 어깨를 묻고 배낭이 올려진 비행기 선반을 향해 이렇게 말을 걸었던가.

"당신, 이젠 아프지 않겠지? 편안해?"

죽기 전 아내는 늘 내게 애원했었다.

"여보, 너무 아파. 너무 아파서 못 견디겠어. 제발 이젠 좀 쉬게 해줘."

난소암에서 시작된 병마였다. 시골로 이사 온 지 3년째 되던 해였다. 텃밭에서 김을 맨 저녁이면 아내는 가끔 혼잣말을 흘리곤 했다.

"너무 오래 허리를 구부려서 그런가? 옆구리가 쑤시네."

허리만 아픈 게 아니었다. 배가 무지근히 아프고 소화가 되지 않는다고 했고 빈뇨 때문에 화장실에도 자주 들락거렸다.

"글쎄, 오줌은 마려운데 잘 안 나오네."

그때까지만 해도 아내는 특별히 걱정하는 눈치는 아니었다. 그저 피곤해서 그런가 보다 하는 식이었다. 나 역시 아랫배와 허리가 아프다는 아내의 혼잣말을 흘려들어 넘겼다. 아내의 손을 잡아끌고 병원으로 간 것은 오줌에 피가 섞여 나왔다는 소리를 들은 후였다.

초음파와 조직 검사를 거친 다음 의사는 난소암이란 진단을 내놓았다.

"난소암은 처음엔 통증이 없어서 초기에 잡아내기가 좀 어려워요. 다른 암에 비해선 드물기도 하구요. 조금 더 일찍 오셨으면 좋았겠는데요. 치료를 서두르시죠."

아내는 종양 제거 수술을 받았다. 경과가 나쁘지 않아서 짧은 입퇴원을 반복하면서 항암치료를 받았다. 그 후엔 이따금 정기검진을 받는 것 말고는 일상생활로 되돌아왔다. 가볍게 집안일도 하고 텃밭도 가꾸었다. 나는 무리하지 말라고 말렸지만 아내는 "조금씩 몸을 움직이는 게 더 낫대." 하고 대꾸했다.

그랬는데, 이태 만에 재발했다. 검사 결과를 본 의사가 난감한 표정을 지었다. 재발했을 뿐 아니라 다른 장기에 전이되었고, 유방암까지 발병했다는 거였다. 항암 주사를 맞고 장기 일부에 방사선을 쬐는 한편 왼쪽 가슴을 절제했다. 마취에서 깨어난 밤 아내는 병실 침대에 모로 누워 울었다. 병세는 좋아지지 않았다. 항암제를 먹고 방사선을 쬐고 나면 아내는 끊임없이 구역질을 했고 탈진했다. 머리카락은 물론 손톱과 발톱도 덜렁거리며 빠져나갔다. 음식을 거의 먹지 못한 채 독한 항암치료를 받느라 원래 섬약했던 몸이 견뎌내질 못했다. 그녀의 몸은 해진 수세미처럼 너덜너덜 망가져 갔다.

아내를 가장 괴롭힌 것은 통증이었다. 구역질과 메스꺼움을 동반한 날카로운 통증이 절제한 가슴에도, 배에도 시도 때도 없이 대침으로 찌르는 듯 습격해왔다. 단아하게 늙어가던 아내의 몸은 비쩍 말라서 얼기설기 꿰맨 삐삐 인형처럼 바뀌었다. 도려낸 왼쪽 가슴과 복부의 수술 자국, 울긋불긋 반점이 얼룩진 피부, 항암치료로 머리카락이 빠져나간 정수리……. 아내의 고통은 현존이었고 대신 겪어 줄 수 없는 것이어서 그 고통 앞에 나는 속수무책이었다. 밤새 몸을 뒤척이며 "아야, 아야……." 하고 부르짖는 그녀의 나약한 신음이, 한낮에도 식은땀을 흘리며 이를 앙다문 뒤틀린 표정이 조각칼처럼 내 가슴을 그었다.

어느 날 나는 욕실에서 새어 나오는 아내의 울음소

리를 들었다. 이를 악문 채 흘려내는 그 억눌린 울음 앞에서 나는 욕실 문 밖에서 서성거리는 것 말고는 아무것도 할 수 없었다. 부부로서 평생을 살아왔지만, 그 개별적 고통 앞에서 나는 철저히 타인일 뿐이었다. 나는 아내의 아픔이 어떤 종류의 것인지, 통증의 날카로운 이빨이 쇠잔한 그녀의 육체와 정신을 어떻게 물어뜯고 있는 것인지 짐작해 낼 수가 없었다. 아내를 사랑한다는 생각조차 가식인 것 같아서 나는 죄책감에 빠졌지만 그녀의 고통을 덜어줄 수 있는 방법은 없었다. 이윽고 이명 증세에까지 시달려 한잠조차 이루지 못하는 밤이 계속되었다. 진통제도, 수면제도 소용이 없었다. 그녀는 밤에 혼자 뒤척이다가도, 낮에 한 움큼이나 되는 약을 삼킨 다음 토악질을 하다가도 울었다.

"여보, 난 죽고 싶어. 얼른 죽고 싶어. 하루라도 일찍 벗어나고 싶어."

아내가 그런 소리를 토해놓으며 흐느낄 때, 정말이지 나 역시 그녀의 소원이 이루어졌으면 했다. 얼른 죽어서 그녀가 저 무의미한 고통의 구덩이에서 빠져나오기를 바랐다. 그러나, 병은 그녀의 숨을 금방 끊어버리지는 않았는데, 그렇다고 물러가지도 않은 채 목을 휘감은 죽음의 올가미를 서서히 죄고 있을 뿐이었다.

아내가 안락사 이야기를 처음 꺼낸 것은 어느 봄날이었다. 햇살이 유리창을 거쳐 거실로 밝게 비쳐 드는 오후였다. 종일 기진해 누워 있던 아내가 일으켜 달래서 나는 그녀를 안아다 거실 소파에 앉히고 무릎 담요를 덮어주었다. 새삼스런 눈길로 거실 천장이며, 책장을 둘러보던 그녀의 시선이 문득 창 밑에 가지런히 놓인 화분에 닿았다.

"어머! 난초가 다 말라 죽었네."

친구에게서 생일 선물로 받았다며 애지중지하던 춘란, 그중에서도 금릉변이었다. 황금빛 잎이 누렇게 말라비틀어져 있었다. 아내가 병원에 드나들고 병구완이랍시고 경황이 없어 깜빡 잊어버린 통에 말라죽은 모양이었다. 아내가 나를 원망스런 눈초리로 쏘아보았다. 햇살이 천천히 가라앉으면서 그녀의 야윈 얼굴에 옅은 그림자가 드리워졌다. 그때였다. 그녀가 문득 말을 던진 것은.

"저기…… 스위스에 가면 안락사시켜 주는 곳이 있다던데……."

그 어조가 하도 심상하고 낮아서 나는 처음엔 알아듣지 못했다.

"무슨 말이야?"

"스위스엔 아픈 사람이 죽도록 도와주는 곳이 있다잖아. 그 나라는 안락사가 합법이라던데……. 외국 사람도 받아준다던데……."

그 순간 나는 숨이 턱 막혔다. 도대체 이 여자가 무슨 소리를 하고 있는 건가 싶어서 나는 물끄러미 아내의 얼굴을 바라보았다. 아내는 고개를 돌린 채 나직이, 그러나 또박또박 말을 이었다.

"내가 누워서 휴대전화로 여러 번 검색해봤어. 고통스럽지 않고 평화롭게 떠나보내 준다는데……."

더는 참지 못하고 나는 버럭 소리를 질렀다.

"이 여자가 도대체 무슨 소릴 하는 거야? 정말로 죽고 싶어서 환장을 한 거야?"

부지 간에 그렇게 뱉어내고 나서 나는 움찔했다. 아내는 언짢아하는 기색도 없이 슬며시 웃었다.

"당신 정말 몰랐어? 내가 죽고 싶어서 환장했다는 거."

나는 침묵했다. 그녀는 달래듯 말을 이었다.

"그냥 하는 소리 아니야. 오래 생각했어. 이렇게 사는 게 너무 힘들어. 그냥 평화롭고 편안하게 죽고 싶어. 수속에 드는 돈이랑 여행비랑 합쳐 한 삼사천만 원 든대. 그쯤은 내가 적금 들어 둔 게 있어. 당신 옛날부터 나를 외국 여행시켜 준댔잖아. 공수표만 날렸지만. 그러니 유럽 여행도 하고, 또 천국 여행도 하고……."

나는 아무 말도 할 수 없었다.

그런 후 두어 달 지났을 때였다. 병원에 가는 참에 아내의 재킷을 찾노라고 장롱 서랍을 열었을 때였다. 개켜진 옷 아래에서 돌돌 말린 압박붕대를 발견했다. 처음엔 이게 왜 여기 있지 고개를 갸웃거리다가 다음 순간 그것의 용도를 알아챘다. 나는 붕대를 집어 들고 침대에 누운 아내에게 다가가 노기를 띠고 추궁했다.

"이게 도대체 뭐야! 왜 이게 장롱 서랍에 숨겨져 있느냐고!"

아내는 흐린 눈으로 흘끗 내가 내민 붕대를 내려다보았다. 그러더니 표정이 일그러졌다. 두 눈에 괸 눈물이 볼을 타고 흘러내렸다. 손바닥으로 감싼 채 무릎에 얼굴을 묻은 그녀의 입에서 옹이진 말이 새나왔다.

"여보, 나…… 너무…… 아파. 죽어버리고 싶은 욕망을…… 참느라고 너무 힘들어. 나 혼자서 멋대로 죽어버리지 않고…… 당신의 배웅을 받으며 품위 있고 존엄하게 죽고 싶어. 여보…… 나 좀…… 놓아줘."

손아귀의 힘이 풀려 나는 손에 든 붕대 뭉치를 거실 바닥에 떨어트렸다. 그리고 흐린 눈으로 창밖을 바라보았다. 문득 오래전에 읽었던 신문기사가 떠올랐다. 사람들에게 행복하게 사는 방법을 설파하던 행복전도사가 있었다. 그녀는 책도 쓰고, 텔레비전에도 나와 행복론을 강의해서 유명해진 사람이었는데, 한 모텔에서 남편과 동반자살해 세상을 놀라게 했다. 현장에는 폐와 심장질환이 가져다준 통증이 너무 심해서 더 이상 살기 어렵다는 유서가 발견됐는데, 남편이 아내의 죽음을 도와준 다음 자신도 목숨을 끊었다던가. 따지고 보면 행복전도사가 병마를 못 이겨내서 스스로 죽음을 선택한 것도 운명인데, 그 또한 삶의 한 형식이 아닐까. 요컨대, 세상에는 정답이란 없는 것이다. 아내의 고통을 보다 못해 죽음을 도와주고 함께 떠난 그 남편의 마음은 어떤 것이었을까.

아왜나무 가지에서 곤줄박이가 포르르 날아갔다.

아내와의 스위스행은 넉 달 후에 이루어졌다.

나는 공부하러 미국에 갔다가 미국인과 결혼해 살고 있는 딸에게 메일을 보냈다. 딸이 제 엄마에게 국제전화를 걸어 오래 통화를 하는 눈치였다. 서너 번 전화가 오가는 것 같더니 딸이 내게 답 메일을 보내왔다.

'아빠, 엄마 원하는 대로 해 주는 게 좋겠어요. 마음

이 아프시겠지만 그렇게 하세요.'

이성적으로는 딸과 같은 생각을 하고 있었으면서도 나는 그 편지가 서운했다. 그 애는 다정다감한 엄마와는 달리 맺고 끊는 성격이었고 결단이 빨랐다. 어쩌면 무뚝뚝한 내 성격을 닮았는지도 모른다.

스위스의 조력사망기관을 찾아내 연락을 취한 것은 딸이었다. 너덧 군데의 기관 가운데 한국인이 가장 많이 찾는다는 취리히 교외 패피콘이란 마을에 있는 '디그니타스'란 곳이었다. 조력 사망을 신청하는 과정은 우여곡절의 연속이었다. 법적으로 문제가 없도록 그 기관은 증빙 자료를 끊임없이 요구해 왔다. 딸과는 수십 통의 메일을 주고받았다고 했다. 나는 딸이 시키는 대로 가입비와 연회비를 내 회원 등록을 했고 서류를 발급받으러 다녔다. 치유 불가능한 질병으로 말할 수 없는 고통을 겪는 환자라는 것을 입증해야 했다. 신원증명서, 병원 진단서, 통증 전문의 소견서 등등.

한국에선 조력 사망이 불법이어서 서류의 용도를 속여야 하는 경우도 적지 않았다. 병명과 치료 날짜, 치료 이력이 깨알처럼 적힌 영문 의료 기록을 병원에서 발급받았을 때 용도를 물어와서 나는 외국계 보험사 제출용이라고 둘러댔다. 병력 중심으로 아내의 삶을 요약한 라이프 리포트와 조력 사망을 요청하는 아내의 자필 서명 편지는 딸이 번역해 보냈다.

그렇게 해서 '그린라이트'란 이름의 조력사망 허가를 받은 것은 서류를 완비해 보낸 지 두 달 후였다. 사망 날짜가 정해진 다음 아내는 항암치료와 약을 끊었다. 고통은 더 심해졌지만 아내의 표정은 오히려 더 밝아졌다. 손꼽아 떠날 날을 기다리는 그녀를 바라보며 나는 다시 외로움을 느꼈다.

스위스로의 여행은 말 그대로 고난의 연속이었다. 김해공항에서 인천공항으로 갔다가 취리히행 비행기를 타기까지 세 시간을 더 기다려야 했는데, 아내는 내내 미열에 시달렸고 한기로 오들오들 떨었다. 가을인데도 겨울 스웨터를 입고 터미널 대합실 의자에 앉아 몸을 떠는 그녀를 사람들이 흘끗흘끗 훔쳐보며 지나갔다.

인천에서 취리히로 가는 열네 시간의 비행도 아슬아슬함의 연속이었다. 해열제와 진통제를 먹였는데도 신열은 떨어지지 않았고, 입에서는 가느다란 신음이 연신 새어 나왔다. 이마에는 진땀까지 배였는데, 열꽃 핀 것처럼 얼굴이 불그스레했다. 스튜어디스가 무슨 일이냐고 물었는데, 나는 괜찮다고만 했다. 그녀의 얼굴에서 아픈 사람을 끌고 비행에 나선 나를 살짝 비난하는 듯한 기색이 읽혔을 때 나는 쓴웃음을 지었다.

나는 와인 잔이 가득 든 종이상자를 안은 듯 아슬아슬했지만, 아내는 그래도 의연했다. 통증이 조금 가라앉는 사이사이마다 그녀는 창을 살짝 올려 구름 아래로 언뜻언뜻 비치는 바다와 해안선, 푸른 산맥의 주름을 내려다보며 아이처럼 탄성을 냈다.

취리히에 도착했을 때는 오후 다섯 시였다. 출국수속을 밟고 수하물을 찾는 데 걸리는 시간은 또 얼마나 길던지. 배낭을 메고, 한 손으로 캐리어를 끌고, 다른 손으로는 아내의 허리를 부축해서 입국장 밖 로비로 나오니 전날 미국에서 먼저 온 딸이 기다리고 있었다.

"오면서 별일은 없었어요? 엄마는 잘 견뎠고?"

나는 말없이 고개만 끄덕였다. 딸이 4년 만에 보는 엄마의 변한 모습에 낮게 울음을 터뜨렸다. 울지 말라 눈짓했더니 딸은 핸드백에서 손수건을 꺼내 눈물을 수습했다.

"우선 호텔로 가는 게 좋겠죠? 공항 근처엔 적당한 데가 없어서 취리히 시내에 잡아뒀어요."

딸이 우버 택시를 불렀다. 나는 트렁크에 배낭과 캐리어를 실은 다음 아내를 부축해 뒷좌석에 앉혔다. 호텔은 취리히호에서 얼마 떨어지지 않은 곳에 있었는데,

마르크트가세란 이름을 가진 깨끗하고 아담한 4성급 호텔이었다. 호텔 앞에는 호수로 흘러 들어가는 널찍한 수로가 있어서 한눈에도 전망이 괜찮았다. 로비가 넓지는 않았지만 깔끔했고 채광이 좋았다. 딸이 체크인 하는 동안 나는 아내를 소파에 앉혔다. 아내가 콜록하고 잔기침했다.

"괜찮아?"

아내는 대답 없이 고개만 끄덕였다.

"다 왔어. 이제 객실에 올라가서 쉬면 돼."

"……."

수속을 마치고 다가오는 딸에게 아내는 속삭였다.

"방값이 비싸지 않아?"

딸은 어처구니가 없다는 듯 제 엄마를 흘겨보더니 풀썩 웃었다.

"참 나…… 스위스 오고 싶다고 노래를 부르더니, 소원대로 왔는데 벌써 돈타령이야?"

엘리베이터를 타고 올라간 3층 방도 정갈하고 아늑했다. 한쪽 창 너머로는 요트가 정박해 있는 수로가, 옆 창으로는 돌을 깨 도로를 포장한 구시가지가 내려다보이는 곳이었다. 나는 트렁크를 열어 아내의 잠옷을 꺼내 갈아입혔다. 그리고 안아서 침대에 뉘었다. 아내는 뒤척이다가 잠이 들었다.

나는 발코니에 나가 수로에 흔들리는 요트와 다리 위를 지나가는 사람들을 보았다. 석양빛의 창밖 풍경은 충분히 아름다웠다. 글쎄, 이만 정도라면 사람이 죽으러 올 만한 장소가 아닌가 싶기도 했다. 옆방에 든 딸아이가 들어왔다. 손에 든 플라스틱 용기에 잘게 썬 전복죽이 담겨 있었다.

"웬 거냐?"

"집에서 쑤어서 팩에 담아 가져온 걸 로비의 전자레인지에 데웠어요."

"미국에서도 그런 걸 만들 수 있어?"

"참 아빠도…… 한인 마켓 가면 없는 식재료가 없어요."

딸이 잠든 엄마의 어깨를 살며시 흔들었.

아내가 힘겹게 눈을 떴다. 침대 옆 탁자에 놓인 전복죽과 물김치를 보더니 몸을 뒤척였다. 딸이 제 엄마의 어깨와 허리를 안아 일으켰다.

"엄마, 이것 좀 먹고 자요."

딸이 플라스틱 숟가락으로 죽을 떠서 아내의 입에 갖다대었다. 아내는 겨우 입을 반쯤 열어 죽을 받아먹었다. 딸이 다시 물김치 국물을 한술 떠서 입에 흘려

넣었다. 아내는 이유식을 받아먹는 아기 같았다. 그렇게 너덧 순갈을 먹었을까, 갑자기 아내가 기침과 함께 토악질을 했다. 목에 들어갔던 죽물이 침대 시트에 튀었다. 딸이 놀라서 화장지를 빼내 제 엄마의 턱과 옷섶, 그리고 시트를 닦아냈다.

"네 엄마가 요즘 음식을 잘 못 넘긴다. 그냥 둬라. 나중에 아빠가 상태 봐서 몇 술 떠먹여 볼 테니……."

아내는 기진한 듯 침대에 돌아누워 쿨럭쿨럭 기침하더니 이윽고 가라앉듯 잠에 빠졌다.

딸의 연락을 받은 디그니타스 사람들이 호텔로 찾아온 것은 다음 날 오후였다. 둘이었는데 의사와 상담사였다. 의사가 아내의 상태를 체크한 다음 가방에서 링거액을 꺼내 침대 옆 옷걸이에 걸고는 나비 바늘을 팔뚝에 꽂았다. 그러고는 아내에게 물었다.

"당신은 정말로 조력사를 받기를 원합니까?"

딸의 통역에 아내는 고개를 끄덕였다. 의사가 다시 물었다.

"펜토바르비탈나트륨(안락사 약)을 먹으면 어떻게 되는지 아시나요?"

아내는 이번엔 옅은 웃음을 띠고선 다시 고개를 끄덕였다. 의사는 아내의 표정을 주의 깊게 살폈다.

편백나무 상자 99

"좋습니다. 그럼 예정대로 모레 오후에 시행하기로 하지요."

아내는 상담사가 작성한 조력사 시행에 따른 몇 개의 서류에 서명했고, 나도 보호자 동의 서명을 했다. 그가 딸과 나를 따로 불러내 장례 절차를 물었다. 나는 현지에서 화장한 다음 유골을 한국으로 가져가겠다고 말했다. 의사는 다음 날에도 호텔을 찾아와 밤새 마음의 변화가 없는지 마지막으로 확인했다.

의사가 가고 난 후 석양 무렵 나는 아내를 데리고 지상에서의 마지막 산책을 갔다. 옷을 단단히 입힌 다음 휠체어에 태우고 호텔을 빠져나와서는 호수를 향해 천천히 밀고 갔다. 거리엔 행인이 많았고 트램이 분주히 오갔는데, 우리는 석조 오페라하우스 앞에서 길을 건너 호숫가에 다가갔다. 길가에 면한 나무 아래 스탠드가 죽 놓여 있었고 그 밑엔 나무 데크가 물과 잇닿아 있었다.

스탠드와 데크엔 산책을 나온 사람들이 삼삼오오 앉거나 서 있었는데, 포장 스시나 김밥을 먹는 사람들도 보였다. 석양을 받은 수면에 윤슬이 반짝였다. 나는 나무 데크의 끝까지 휠체어를 밀고 갔다. 그러고는 바람에 날려가지 않도록 아내의 모자를 눌러 씌워주었다.

지도로 보면 취리히 호수는 폭이 좁고 길쭉하게 휘어진 게 오이 모양이었는데, 그곳은 꼭지 부분이었다. 건너편 호변에는 돔 첨탑을 가진 옛날 건물과 유람선이 오가는 선착장이 뺑 둘러쳐져 있었고, 희붐한 이내가 깔린 듯 아스라이 보이는 맞은편 먼 산 아래 뭉게구름이 깔려 있었다. 수면 위엔 유원지의 오리배 같은 백조가 여러 마리 천천히 헤엄치고 있었고, 청둥오리들도 둥둥 떠 있었다.

"참 좋네."

아내는 눈매를 가느스름하게 좁히며 건넛산에 드리운 석양빛을 바라보았다. 그녀의 시선이 백조에 머물렀다.

"여긴 말 그대로 '백조의 호수'네. 백조가 상상보다 덩치가 훨씬 커. 여기 이러고 있으니 정말 해외여행 온 실감이 나네."

푸른 원피스를 입은 세 살쯤 된 금발의 계집아이가 아장아장 다가왔다. 발가스름한 볼에 푸른 눈의 그 아이는 휠체어에 앉은 아내의 얼굴을 갸웃이 살펴보고는 팔을 뻗었다. 아내의 야윈 얼굴에 천천히 미소가 번지더니 손을 마주 뻗었다. 아내는 아이의 앙증맞은 손을 잡아주었다. 아이의 엄마가 다가왔다. 그녀는 흘끗 아내에게 시선을 주었다. 아내가 다시 웃었다.

"취리히에 여행을 오셨어요?"

나는 고개만 끄덕였다.

"어디서 오셨어요?"

"……코리아, 사우스 코리아."

아! 하고 가벼운 탄성을 낸 그녀는 병색이 가득한 아내의 얼굴을 다시 바라보더니 좋은 여행 되시기 바란다고 웃어 보였다. 그러고는 아이를 안고 반대편 젊은 남자에게로 갔다. 나는 휠체어를 밀고 천천히 수변에 있는 중국정원으로 갔다. 그곳을 한 바퀴 돌고 나서는 아내가 힘들어하는 것 같아 호텔로 돌아왔다.

아내는 의연하게, 아니 고요하게 죽음을 맞았다. 다음 날 오전 아내는 오렌지 주스와 티라미수를 먹었다. 그녀는 창밖을 바라보며 최후의 음식을 천천히 씹었다. 딸이 제 엄마를 욕실로 데려가 씻기고 머리를 감겼다. 오후 한 시쯤에 디그니타스가 차를 보내왔다. 차에 타기 전에 우리는 마지막으로 가족사진을 찍었다. 진홍의 샐비어와 핑크뮬리가 만개한 호텔 정원을 배경 삼아 휠체어를 탄 아내 양쪽에 나와 딸이 섰는데, 프런트 직원이 딸의 휴대전화로 찍어주었다.

호텔에서 패피콘의 디그니타스 블루하우스(안락사 시

행소)까지는 채 삼십 분이 걸리지 않았다. 호수에 연접한 포장도로를 달릴 때 뒷좌석에 나와 함께 앉은 아내는 말없이 차창 너머 펼쳐지는 호수의 풍경에 시선을 주었는데, 나는 아내의 손을 더듬어 쥐었다. 뼈마디가 알른거리는 게 마분지 공작물 같았다.

건물 안에 들어가 대기실에서 얼마간 기다린 다음 우리는 안내자를 따라 복도를 걸어갔고 이윽고 벽을 하얗게 칠한 방으로 갔다. 침상 옆에 넓은 창이 딸려 있었는데, 알베르트 앙케의 모사화가 벽에 걸렸고 창틀에는 꽃병 하나 놓인 간소한 방이었다. 직원이 아내를 안아 침대에 뉘었다. 호텔로 찾아왔던 의사와 간호사가 들어왔다. 의사는 아내에게 "마담, 아 유 레디?" 하고 물었다. 아내는 침착하게 고개를 끄덕였다. 주사제와 약물제 중에서 아내는 약물제를 선택했던 터였으므로, 그는 정제가 든 약봉지를 아내에게 건넸다. 약봉지를 손에 쥔 아내는 찬찬히 나와 딸을 둘러보았다. 나는 아내의 눈길을 피했다. 아내는 늘 먹던 약처럼 익숙하게 삼키고 물을 마셨다.

그것이 마지막이었다. 침대에 누운 아내는 곧 혼수상태에 빠져 들었는데, 딸이 제 엄마의 손을 잡고 "엄마, 편히 가세요." 하고 울먹였다. 나는 마음속으로만

아내에게 말했다. '당신, 고생했어. 먼저 가 있어.'

약을 먹은 지 사오 분이 지난 후 의사는 청진기를 가슴에 가져다 대더니 말했다.

"미시즈 수림 김은 2022년 10월 12일 오후 3시 15분 운명하셨습니다."

주위는 적요했고, 창밖으로 노랑지빠귀 한 마리가 휙 날아갔다. 세상은 아무것도 변하지 않았다.

이틀 후 나는 한국으로 돌아왔다. 디그니타스로부터 자그마한 편백 상자에 담긴 유골을 인수했다. 딸과는 취리히 공항에서 헤어졌는데, 뉴욕으로 돌아가는 딸의 항공편보다 내 출발시간이 두 시간 빨랐다. 수속을 마치고 출국장으로 나가는 내게 딸이 말했다.

"아빠, 조심히 가세요. 끼니 거르지 마시고 건강도 챙기시구요. 내년 봄쯤에 한국에 들어갈게요."

스위스로 갈 때는 아내의 상태에 가슴을 죄느라 경황이 없었는데, 귀로는 적막했다. 유골함을 넣은 배낭이 올려진 기내 선반을 이따금 올려봐도 기묘하달까 현실감이 느껴지지 않았다. 스물여섯 꽃다운 나이에 나와 결혼해 마흔두 해를 함께 살 비비며 살아왔던 여자가 이제 한 줌의 뼛가루가 되어 집으로 돌아간다……. 군대를 다녀와서 미대에 복학했을 때 처음 만났던 음대 2학년생이었던 아내의 모습, 털털거리는 시외버스를 타고 경주인지, 포항인지 놀러 갔다가 함께 보낸 첫 밤이 떠올랐다. 가난한 강사 시절 초량동 산비탈 단칸집에서 신접살림을 차렸을 때 반쯤 돌아앉아 아이에게 젖을 물리던 옆모습, 내 첫 개인전 오픈 때 하객들에게 돼지 수육과 소주를 바쁘게 나르던 장면, 셋방살이를 전전하다 스물네 평 아파트에 입주할 때 설레하던 얼굴도 스쳐갔다. 마루에 앉아 함께 해 저무는 바다를 내려다볼 때 황혼빛에 물든 잔주름 진 얼굴도 떠올랐다.

7년 전 퇴직하고 도심을 벗어나 교외에 집을 마련한 것은 복작거리는 도회 생활에 진력이 난 터라 호젓한 곳에서 작업에 집중하고 싶었기 때문이다. 아파트를 팔고 교외로 나간다고 하자 되팔기가 힘들 거라고 걱정해 주는 이들도 있었지만 나는 과감하게 집을 옮겼다. 도심에서 국도로 한 시간 남짓 걸리는 곳이었다. 산비탈에 있는 세 칸짜리 농가는 낡았지만 뒤란에 텃밭이 딸렸는데, 집 뒤에는 야트막한 야산이, 앞으로는 아스라이 바다가 반짝였다. 무엇보다 마음에 든 건 개조해서 작업실로 쓸, 본채와 맞먹는 너비의 창고였다.

마루에 분합창을 달아내 거실을 꾸미고 부엌에 싱크대를 들이고 침실을 개조했다. 아내도 좋아했다. 텃밭에 푸성귀를 가꾸거나 뒷산을 오르면서 아내의 혈색도 좋아졌는데……. 식탁에 마주 앉아 차를 마시며 길고양이 연두가 임신한 것 같다느니, 텃밭의 고구마를 캐내 그라탕을 만들어야겠다느니 사소한 이야기를 도란도란 나눌 때만 해도 아내에게 몹쓸 병이 닥칠 것이라고는 짐작도 하지 못했다. 그것이 사형수에게 형을 집행하기 전 마지막으로 베푸는 만찬 같은 평화였을까.

불현듯 아내의 일생을 조각으로 남기고 싶은 생각이 들었던 것은 황혼빛에 젖은 얼굴을 내게 반쯤 돌리며 해죽이 웃던 아내의 표정이 떠올랐을 때였다. 나는 그 얼굴을 오래 기억의 저수지에 저장하고 싶었다. 그래, 아내의 얼굴을 새겨보자. 대학 2학년 때부터 죽음의 마지막 순간까지, 그러니까 바로 엊그제 취리히 호숫가에 앉아 금빛으로 부서지는 수면을 바라보던 그 표정까지……. 돌이나 석고, 메탈 같은 흔한 소재가 아니라 실리콘으로 진짜 사람 같은 피부에, 진짜 사람처럼 머리카락을 심고, 진짜 아내의 표정을 생생하게 담으면 어떨까 하는 아이디어도 뒤이어 떠올랐다. 나는 돌아와서 마네킹 공장을 찾아가 본을 뜨고 재료를 부어

만드는 것을 견학했다. 그리고 시험 삼아 소품 몇 개를 만들어 보고는 진짜 작업에 착수했다. 어쩌면 사람들은 내 작업을 마네킹이라고 비웃을지도 모른다고 생각했다. 그러나 내가 표현하고 싶어 한 것은 고정된 표정의 마네킹과 살과 피를 가진 인간의 얼굴 그 어느 중간 지점이었다. 나는 내 작품 속에서 대상과 재질 사이의 객관적 거리를 유지하면서도 내 아내의 생생한 표정과 움직임, 그리고 감정을 드러내고 싶었다. 조각이 하나둘 늘어나면서 나는 작업실 뒤에 작품 보관창고를 따로 만들어 작품들을 보관했다. 작업이 풀리지 않을 때 나는 창고 문을 열고 들어가선 커버를 벗기고 오래된 앨범을 들추듯 작품들을 천천히 응시하곤 했다.

내가 곱게 갈린 아내의 유골을 차에 타서 마시기 시작한 것은 1년쯤 전이었다. 처음부터 그런 생각을 했던 건 아니다. 디그니타스의 직원에게서 상자를 받아 들었을 때 나는 집 뒤 숲에다 수목장을 할 생각이었더랬다. 추모공원의 봉안당에 안치할 생각은 없었다. 다닥다닥 붙은 수백 개의 사물함 같은 봉안함에 넣어 낯선 주검 사이에 아내를 가둬두는 건 내키지 않았다. 그러다가, 차라리 흔적 없이 산골장을 하면 어떨까 하는 생각이 뒤미쳐 떠올랐다. 이곳저곳 자유로이 여행하고 싶어 했던 사람이 아닌가. 나는 그 소원에 무심했고 아내를 데리고 먼 곳으로 여행을 가본 적이 거의 없었다. 그러니, 지금에라도 그녀 마음대로 훨훨 어디든 날아가 보라고 어느 바닷가에서 바람에 날려 보내면 어떨까 하는 생각이 들었다. 그래, 저 먼 곳으로 새처럼 날려 보내자. 나는 비행기에서 그렇게 마음을 먹었었다.

그랬는데, 혼자 시골집 대문을 들어섰을 때 고적감이 다시 밀려들었다. 배낭을 메고 한 손으론 캐리어 손잡이를 쥔 채 나는 숙소에 첫발을 들여놓은 여행객처럼 낯선 시선으로 이리저리 두리번거렸다. 나는 그 편백 상자를 안방의 책장 귀퉁이에 얹어 놓았다. 그리고 차일피일 아내와의 작별을 미루었다.

아침에 잠에서 깨 산책을 나서기 전, 저녁에 잠들기 전 나는 유골함 뚜껑을 열어 회갈색 가루를 물끄러미 내려다보았다. 그럴 때마다 혼자가 아니라 아내와 같이 있다는 느낌이 들어서 마음이 따뜻해졌다. 어느 아침, 나는 늘 하던 대로 재스민차를 끓이다가 갑자기 아내와 함께 차를 마시던 때가 떠올라서 머그컵을 식탁 위에 하나 더 놓았다. 그러고는 안방의 책장 문을 열고 상자를 가져다가 뚜껑을 열고 식탁 위에 올려놓았다.

그때였다. 왜 그랬는지는 지금도 알 수 없다. 맞은편 자리에 놓인 아내의 몸을 물끄러미 들여다보던 나는 충동적으로 손에 쥔 차 스푼을 상자 속으로 밀어 넣어 가루를 반쯤 떠 담아 아내 몫의 컵 위에 가져다 대었다. 어쩌면 재스민차의 향기를 맡아보라는 생각 때문이었는지도 모른다. 그러다 모르는 사이에 스푼이 기울어졌는데 그 서슬에 가루가 머그컵 속으로 흘러내렸다. 찻물의 표면에 회갈색 가루가 동동 떠서 풀려나가는 것을 봤을 적에야 나는 정신이 들었다. 그리고 낭패감에 빠졌다. 어, 이게 뭐야. 내가 왜 이랬지?

어떻게 할 수가 없어 머그컵을 우두커니 내려다보다가 나는 컵에 비닐랩을 씌워 냉장고에 넣어두었다. 싱크대 개수통에 부어버릴 수도 없는 일 아닌가. 나는 이틀 동안 그 컵을 꺼내 우두망찰 내려다보기만 했다. 그러고는 마침내 컵을 전자레인지에 넣어 데워서는 조심스럽게 한 모금 입에 머금었다. 까끌까끌한 가루가 입천장과 혀끝에 달라붙었을 뿐 다른 맛은 느껴지지 않았다. 나는 남은 차를 꿀꺽꿀꺽 삼켰다.

착각이었는지는 모르지만, 문득 뱃속이 따뜻해지면서 온몸이 나른해지는 느낌이 들었다. 묵직하게 가라앉아 있던 응어리가 조금씩 풀려나가는 것 같기도 했다. 가루가 혈관을 타고 다니다가 세포 곳곳에 달라붙는 것 같았다. 아내의 육신과 내 몸이 화학적 결합을 한다고나 할까, 아내의 혼이 내 속으로 스며드는 느낌…….

그때 문득 섬광 같은 생각이 떠올랐다. 내 몸이 아내의 무덤이 된다면…….

내 몸이 아내의 유해를 묻는 구덩이가 되고, 그 유해를 덮는 흙이 되고, 뗏장이 된다면……. 느닷없이 떠오른 그 생각은 나를 소스라치게 했다. 그녀가 내 혈관을 타고 다니면서 내 몸과 하나가 된다면, 그리하여 그녀가 나와 함께 밥을 먹고, 나와 함께 산책하고, 나와 함께 작업을 한다면. 그런 생각은 일본의 괴기 추리소설에나 나올법한 엽기적인 상상일 수도 있었다. 그러나 한번 떠오른 그 생각은 쉽게 머리에서 떠나지 않았다.

언젠가 어느 책에서 읽었던 내용도 떠올랐다. 고대인들의 식인 행위는 모든 문화권에서 아주 오랫동안 이어져 온 문화적 관습이었다는 거다. 죽은 부모의 시신을 자식들이 함께 나눠 먹음으로써 죽은 이를 기억하고 숭배하면서 여전히 그들의 몸속에 현존하는 것으로 믿게 하는 행위라는 것이다. 식인 행위를 야만으로 규정한 것은 현대인의 편견일 뿐 그들에게는 같은 조상의 몸을 나누어 먹는 행위 자체가 공동체의 동질감을 강화하는 신성한 제의였다고 그 책에 쓰여 있었지 아마.

하고 보면, 가톨릭 신자들은 미사 때마다 영성체(領聖體)란 걸 한다지 않나. 신부가 밀떡과 포도주를 두 손 높이 받쳐 들고 기도하는 성체성사를 거치면, 그 밀떡과 포도주가 신의 몸과 피가 된다고 한다. 그들은 밀떡과 포도주의 변화가 그저 상징이라고만 여기지 않는다. 밀떡과 포도주가 진짜 살과 피로 바뀐다고 믿는 것, 그리하여 현존하는 예수의 살과 피를 몸속에 모시는 것, 그것이 그들의 신앙체계라는 거다. 그렇다면, 가톨릭 신자들의 영성체와 내가 아내의 육신을 몸속에 간직하고 기억하는 행위가 본질적으로 다를 건 무얼까.

이윽고, 나는 아내의 타다 남은 몸을 내 몸속에 영(領)하기로 작정했다. 하루에 딱 반 스푼씩만 차에 타 마시는 거다. 내가 죽고 나서 내 몸이 허공에 흩뿌려져서 이 세상 곳곳으로 먼지처럼 날아다닐 때 나는 아내와 함께 여행을 다니는 게 되지 않을까. 아내가 죽어서까지 나와의 동행을 바랄까, 지긋지긋해하지 않을까 하는 생각도 스치긴 했지만.

어느덧 어둠이다.

창밖은 깜깜해졌는데 작업실 안은 형광등 빛으로 환하다. 스패출러에 클레이를 발라 턱 부분을 이겨 붙이고 깎고 하는데 형광등의 쏘는 듯한 빛살이 눈을 찌른다. 머리가 어찔하고 짙은 피로가 덮친다. 글쎄, 내게 남은 시간은 햇살에 노출된 얼음덩이처럼 빠르게 녹아 가는데, 머릿속에 남은 아내의 형상은 작업대 위에선 늘 나를 배신한다. 지금이 여덟 개째인데, 다 끝낼 수나 있으려는지.

벽을 향해 앉아 작업에 열중하던 유정이 나를 돌아보았다.

"선생님, 이거 좀 봐주시겠어요?"

물먹은 솜처럼 무거운 몸을 일으켜 나는 다가간다. 유정이 나를 돌아보고는 말을 잇는다.

"이 새알을 지금처럼 구형으로 하는 게 나을까요. 아니면 타원체로 바꾸는 게 나을까요."

나는 어둔하게 말을 꺼낸다.

"글쎄. 지금도 나쁘지 않은 거 같은데……. 타원체도 괜찮을 것 같긴 하지만 그러면 바깥에서 감싸는 새집과 균형이 어그러지지 않을까. 지금 형태를 그대로 두면서 구형을 조금 더 비정형적으로 비틀어 보는 건 어때."

"네에."

유정이 애매한 표정으로 고개를 끄덕인다. 그리고 제 작품을 다시 요모조모 살펴보면서 생각에 잠긴 표정을 지었다. 그러더니, 내 얼굴을 보고는 조금 놀란 표정이 된다.

"선생님, 컨디션이 안 좋으세요? 안색이 핼쑥해 보여요. 너무 무리하시지 말고 들어가 쉬세요."

나는 고개를 끄덕인다.

"그래, 좀 피곤하긴 하군."

"저녁 차려드릴까요?"

"아니야, 나중에 배고프면 챙겨 먹을게."

"그러세요, 그럼. 호박죽을 레인지에 데워서 드세요. 식욕이 없다고 끼니 거르시면 안 돼요. 들어가 쉬세요. 저는 한 시간쯤만 더하고 문단속하고 갈게요."

"그래, 그럼……."

나는 고개만 끄떡하고는 작업실을 나와 위채로 올라간다. 그리고 안방의 침대 위에 무너지듯 몸을 눕힌다. 온몸이 촛농처럼 질펀히 녹을 것처럼 피로한데도 이리저리 뒤채일 뿐 쉬 잠이 오지 않는다. 마당 건너 작업실의 불빛이 커튼을 친 창으로 새어든다. 갈피 잡지 못

할 생각들이 뿌옇게 머릿속을 부유한다.

 죽기 전에 열두 점의 연작을 완성할 수 있을까. 어쩌면, 두세 개는 생략해야 할지도 모른다. 그래도, 취리히 호숫가에서 휠체어에 앉아 망연히 놀진 구름을 바라보던 아내의 옆모습은 만들어내고 싶다. 작업을 끝내면 또 어떡하지? 뭐, 시립미술관의 학예실장으로 있는 옛 제자가 알아서 해 줄 거다. 죽기 전이라면 더 좋겠지만 혹시 죽고 나서라도 유작전은 열어 줄 테지. 이 집은? 미국에 있는 딸애에겐 이까짓 시골집이야 오히려 짐일 테니 유정이에게 맡겨 버리자. 작업장이 필요한 친구니까 좋아하겠지. 예금으로 장례를 치르고도 남는다면 마당에 잔디를 깔아 그 연작을 설치해 달라고 할까. 하기야, 죽고 나면 그뿐인데 그건 또 무슨 소용일까. 유정이 내 유골을 어디 날려줄 거다. 미국에서 딸이 와서 함께해 주면 더 좋고. 그럼 내 유골과, 그 속에 안긴 아내의 유골이 한데 엉켜 대기를 타고 태평양으로, 우랄산맥 위로, 뜨거운 햇살이 쏟아지는 아프리카 대륙으로 날아다닐 테지. 어쩌면 아내가 끝내 올라가 보지 못했던 융프라우에도 가고, 마지막 시간을 함께했던 취리히 호수에도 가 볼 수 있겠지.

이윽고 작업실의 불이 꺼지고 달그락 문이 잠기고 소리 죽인 유정의 발소리가 들리더니 대문이 삐걱 닫힌다. 잠시 틈을 두고 울타리 밖에 세워둔 자동차의 엔진 소리가 들리고……. 주위가 깜깜해지더니 조용해진다. 그 모든 기척을 내 눈과 귀가 예민하게 받아들인다. 그러다가 깜빡 잠이 들었던 모양이다.

 꿈에 나는 아내를 보았다.

 딸을 포대기에 업고 셋집 대문 앞을 서성거리다가 귀가하는 나를 보고 샐쭉 웃는 모습이 꿈속에서 스친 것 같기도 하고, 한쪽 가슴을 잃고 병원 침대에 모로 누워 울음을 삼키던 모습이 보인 듯도 싶다. 패피콘의 블루하우스에서 내 손을 잡고 운명한 마지막 순간도 보였던 것 같은데 희뿌연 이내에 갇힌 그 영상들은 그 어느 하나 선명하지 않았다.

 잠에서 깨었을 때 나는 침대 옆 서랍장 위에 올려둔 휴대전화 화면을 터치했다. 새벽 세 시가 막 넘어 있었다. 문득 창고에 놓여 있는 작품들을 들여다보고 싶었다. 나는 침대에서 일어섰다. 불도 켜지 않고 더듬더듬 벽을 짚어가며 방문을 찾아 열고 마루로 나왔다. 불빛 없는 시골이라 앞을 가누기 어려울 만큼 캄캄했는데, 대문간의 키 큰 아왜나무가 두억시니처럼 웅크리고 있었다.

 고무신을 벗어둔 섬돌에 내려설 작정으로 걸음을 내디뎠다가 분합창 문설주에 머리를 되우 부딪쳤다. 머리 위에 섬광이 번쩍하는 느낌이다가 나는 발을 헛디뎌 앞으로 고꾸라졌다. 이마가 마루 아래 섬돌에 쾅하고 부딪치는 순간 나는 의식을 잃었다.

 시간이 얼마나 흘렀을까. 의식은 겨우 돌아왔지만 얼마나 오래 마당에 널브러져 있었는지도 짐작할 수 없었다. 머리가 깨질 듯 아팠고, 한쪽 다리를 움직일 수가 없었다. 섬돌에 이마를 부딪쳐 땅바닥에 패대기쳐지면서 발목뼈에 금이 간 모양이었다. 이마가 쓰라려서 손으로 더듬어 보니 끈적한 액체가 묻어났다. 온몸이 욱신거려 꼼짝할 수 없었다. 유정이 작업하러 와서 나를 발견할 때까지 이렇게 마당에 자빠져 있어야 하는 걸까 하는 생각이 스쳐갔다.

 나는 마당에 드러누워 하늘을 올려보았다. 까만 어둠 위로 덧칠하듯 신새벽의 이내가 번져나고 있었다. 어둠과 푸르스름한 새벽빛이 뒤섞인 비공비색(非空非色), 삶과 죽음이 혼재하는 시공간 위에 뜬 초승달과 개밥바라기가 어스름하게 빛을 잃어가고 있었다. 나는 나직이 혼잣말을 뱉어냈다.

"하. 이대로 죽었으면······."

* 이 소설은 론 뮤익의 조각 세계에서 착상을 얻고, 〈중앙일보〉 2025년 3월 9일 자 "칼 쑤시는 고통에 8770km 비행"…안락사로 엄마 보낸 딸 작별 일기' 제하의 기사를 참고했음.

순수의 바다

박향

그 일은 세 사람이 만났을 때 식탁 위에 놓여 있던 와인잔으로부터 시작되었다. 그 밤 이후로 세 사람은 다시 만나지 못했다. 가끔 세 사람이 계속 만났더라면 어땠을까 하는 생각을 했다. 그 생각 때문에 지금 하고 있는 일을 망치기도 했고, 망친 일에서 벗어나기 위해서 많은 시간을 할애해야 하는 악순환을 겪을 때도 있었다. 버리고 싶지만 버릴 수조차 없는 이 기억이 결코 좋을 리가 없는데도, 붉은 와인이 찰랑이던 둥근 잔과 누군가가 실시간으로 덧칠을 하듯 점진적으로 어두워져 가던 바다를 생각하면 아, 참 매혹적인 밤이었어, 라는 생각을 하는 것이다. 하지만 돌이켜보면 그 밤은 지루한 관계의 한복판을 꿰뚫은 송곳 같은 것이었는지도 몰랐다. 헤아릴 수 없을 정도로 많은 날들을 만나왔지만, 그 수많은 만남은 그들을 언제라도 간단하게 집어삼킬 순간을 감춰두고 있었던 것이다.

  창밖으로 송정 바다가 푸르스름하게 변해갔다. 서쪽에서부터 번져온 노을이 동쪽 바다까지 번지는가 싶더니 익지 못한 과일처럼 보랏빛으로 변한 하늘에 아, 하고 누군가 감탄을 내질렀다. 하지만 그 시간은 짧았다. 감탄할 새도 없이 바다와 하늘의 경계는 흐릿해지고 파스텔로 문지른 듯 눈앞의 풍경은 금방 검푸르러졌다. 실내도 그만큼 어두워졌으나 누구도 불을 켜자는 말을 하지 않았다. 식탁에 놓인 와인병도, 와인잔을 잡고 있는 손도 형체를 잃어가고 있는 시각이었다. 원희는 작년에 큰맘 먹고 구입한 와인잔을 천천히 돌렸다. 처음 잡았을 때, 그립감이 좋아서 한참 동안 쥐고 있던 잔이었다. 조금 비싸기는 했지만 원희는 자신에게 선물한다는 마음으로 그 잔을 구입했다. 늦은 밤, 홀로 식탁에 앉아 잔을 들면 이런 소소한 것들이 자신을 위로하는 유일한 물건처럼 느껴지기도 했다. 그런 감정은 아이러니하게도 위안과 고독감을 함께 가져다주었다. 그동안 애써 침묵했던 것들이 둥근 잔 속에 차서 흔들린다는 생각이 들면 더 고독해졌지만, 그것이 자신의 삶에 정해진 어떤 의도일지도 모른다는 생각을 하게 되면서 원희는 점차 그런 시간을 사랑하게 되었다.

와인잔을 돌리던 손을 멈추자 띄엄띄엄 고백하듯 늘어놓던 말도 따라서 멈추어졌다. 원희는 잠시 어둠을 보았다. 일기예보에서는 벌써 한 달째 장마라고 하더니 비가 오지 않는 날들이 계속되고 있었다. 그 습한 공기 속으로 어둠과 침묵이 섞여 물감처럼 뭉그러지는 느낌이 들었다. 실내는 흐릿한 형체만 남고, 시간이 지날수록 눈앞의 검은 바다는 더욱 깨끗하고 또렷해졌다.

이 밤의 공간이 주는 느낌은 이상했다. 현실 세계에서 살짝 비켜난 곳에 와 있는 느낌이라고 할까. 거짓말이나 비밀이 아니라 속을 완전히 뒤집어 보여야 할 것 같은 의무감 같은 것이 자꾸만 밀려 나왔다고 할까. 세 사람 모두 그런 생각에 잠겨 있을 때, 늘 그랬듯이 선미가 먼저 침묵을 깼다.

"그러니까…."

지금까지 겨우겨우 한 문장씩 이어가던 원희의 말을 이제야 다 조합했다는 듯 어둠 속에 윤곽만 남은 얼굴로 선미가 말을 이었다.

"그러니까 참치 때문에 헤어진 게 아니란 말이지?"

"차라리 참치가 낫겠다."

그 말을 하던 제연이 입을 비틀며 냉소적으로 피식 웃었다. 원희의 남편인 상식에게 여자가 있었다는 사실보다 더 놀라운 것은 원희의 고백이었다. 이혼을 한다고? 왜? 라는 질문에 그냥 성격 차이야, 라고만 했던 원희가 이런 고백을 해 올 줄은 상상도 못했던 것이다. 자세하게 원인을 말하지 않았으므로 선미와 제연은 그동안 친한 친구로서 이질감을 느끼기도 했다. 일 년 전, 이혼서류를 제출하고 왔다며 함께한 술자리에서 선미와 제연이 다그치는 질문에 원희는 겨우 달막거리며 참치 때문이라고 말한 것이다.

"참치? 물고기? 그 사시미 참치말야?"

선미의 물음에 원희가 고개를 흔들었다.

"아니, 캔. 아침에 반찬을 밥상 가득 차려놨는데, 마치 먹을 게 없다는 투로 눈을 한 번 쓱 훑더니 튜나는 없냐고 하는 거야."

"튜나라니?"

"참치캔."

"상식이가 어릴 때 반찬이 없으면 참치를 먹었다며, 반찬 하기 싫을 땐 참치캔 주면 잘 먹을 거라고 시어머니한테 우스개 소릴 들은 적이 있어. 결혼하고 7년 동안 한 번도 참치를 캔째 준 적 없었어. 달라고 한 적도 없었고. 그런데 그날 아침에 참치를 달라고 한 거지."

"왜 그런 건데?"

"내가 차린 밥상이 맘에 안 든다는 거겠지. 그 말은 나랑 살기 싫다는 거고."

"설마…."

제연의 놀란 감탄사에 대한 답이라도 하는 것처럼 선미가 말을 이었다. 마치 이혼판결을 내리는 판사처럼 근엄한 목소리였다.

"밥은 중요한 거야. 밥이 그냥 밥은 아니지. 밥상에 대한 존중감이 없다는 건 그걸 차려준 사람에 대한 존중감이 없다는 말과 마찬가지야. TV에서 봤잖아. 옛날 아버지들이 걸핏하면 밥상을 엎는 거. 엄마에 대한 존중감이 없어서 그런 거지."

제연은 미간을 찌푸리며 원희에게 시선을 돌렸다.

"참치를 튜나라고 말하는 것도 싫었어. 아니, 사실은… 표면적으로 그렇다는 거지. 우리… 계속 힘들었어. 그게 폭발한 거지. 그날 아침에."

계속 어떻게 힘들었는지 그때 원희는 더 이상 설명하지 않았다. 그리고 일 년이 지난 지금 원희는 말하고 있는 것이다. 이혼하고 육 개월이 지난 뒤에 상식이 새

순수의 바다

로운 혼인신고와 동시에 막 태어난 아이의 출생신고까지 마쳤다는 사실, 그 여자랑 사귄 지는 일 년이 훨씬 넘었다는 사실을 알게 되었다고 말이다. 제연은 아까부터 원희가 그 사실을 안 지 6개월이 지났다고 했는데, 왜 우리에게 진작 말하지 않았느냐고 묻고 싶었지만 입을 다물고 있었다. 그 사실을 알았을 때 말했더라면, 함께 모여 앉아 죽일놈, 나쁜놈 욕이라도 해댔더라면 덜 외롭고 덜 우울했을 거 아니냐고 따지고 싶었지만 아무 말도 하지 않았다.

제연은 원희의 그런 점이 늘 마음에 들지 않았다. 대학교 때부터 15년이 지난 지금까지 가족보다 더 가까이 지낸 사이였다. 10년 전보다 몸무게가 더 나간다면 그것은 집안일이나 남자친구 일이나 서로에게 나눈 이야기가 살이 되어 붙었기 때문일 거라고 종종 제연은 생각했다. 물론 모든 비밀을 처음부터 이야기하는 것은 아니었지만 결국에는 모두가 그 비밀을 알게 되었다. 그러다 보니 시간이 흐르면서 자연스럽게 끈끈하고 돈독한 사이가 된 것이다. 뒤늦게 알게 되면 친구에게 느끼는 서운한 감정이 배가 되었다. 제연은 몇 번의 연애 사건을 겪었다. 그럴 때마다 몸과 마음에서 일어나는 자잘한 감정들까지 선미와 원희에게 모두 이야기했다. 이야기를 하고 나면 그 연애가 오히려 더 잘 풀리는 것 같은 느낌이 들었다. 이야기를 풀어놓고 있는 와중에 관계에 대해 고민했던 일의 해결책이 나오기도 했다.

자신의 이야기를 아예 하지 않거나 뒤로 미루는 사람은 원희였다. 그런 원희가 오늘은 무슨 마음으로 이렇게 제 비밀을 털어놓는 것일까. 어쩌면 자존심 강한 원희의 고백은 저 바다 때문인지도 모른다는 생각을 하며 제연은 가만히 얕은 숨을 내쉬었다.

"너, 그거 알고 어떻게 산 거야? 내가 들어도 이렇게 떨리는데…."

선미가 식탁 위에 무방비하게 놓인 원희의 손을 잡았다 놓으며 말했다. 제연은 왜 진작 우리한테 말하지 않았어? 라는 말을 목구멍으로 삼키며 옆에 앉은 원희의 어깨를 감싸안았다.

"그동안 지옥이었겠다."

제연의 긴 한숨 끝에 '이제 괜찮아.'라는 말이 원희의 입에서 새어 나왔다.

"이제 괜찮다고?"

선미의 목소리가 울림 마이크를 쓴 것처럼 실내에 낮게 퍼졌다. 선미는 뭔가가 가슴을 치밀고 올라오는 것을 느꼈다. 자기도 모르게 네일아트를 한 손톱 끝으로 테이블을 따닥따닥 두드렸다. 네일아트한 손톱 망치게 책상을 두드리냐고 몇 번 친구들에게 핀잔을 듣고도 선미는 그 버릇을 고치지 못했다.

"그런 게 시간이 지나면 괜찮아지는 그런 종류야?"

원희는 집중된 친구들의 눈길을 피한 채 선미의 손톱에 시선을 주었다. 임신을 위해 다니던 직장을 그만두고 난 후, 한 번도 네일샵에 가지 않았다는 사실을 깨달았다. 그전에는 셋이서 함께 예약을 잡고 같은 네일샵을 오랫동안 이용했었는데, 원희는 이제 그 기억마저 희미해졌다고 느끼고 있었다. 그때 제연이 선미의 손을 찰싹 쳤다.

"야, 손톱 깨져."

하지만 선미는 두드림을 멈추지 않았다. 오히려 손가락의 리듬이 조금 더 빨라졌다. 선미는 작년에 회사에서 해고됐다. 직접적인 해고는 아니었지만 그만두지 않으면 안 될 정도로 회사는 선미를 구석까지 몰아붙였다. 디자인실에서 근무하던 선미가 배송팀으로 밀려났을 때 선미는 더 이상 남아 있을 힘이 없다고 생각했다. 그 말을 했을 때에도 저렇게 손가락 끝으로 테이블을 울림 있게 두드렸다.

"이혼 무효소송 그런 거 알아봤어?"

손톱 두드림을 멈추고 선미가 말했다. 원희가 고개를 끄덕였다.

"처음엔, 처음엔 그랬지. 그 사실을 알고 난 처음엔."

"그때가 언젠데?"

"6개월 전에 그 사람들 결혼할 때 알았어."

선미가 고개를 원희 쪽으로 휙 돌리며 헐~ 하고 내뱉었다.

"그냥 좀 힘들었어. 여자가 아이 낳고 바로 결혼식을 올렸다고 그러더라고. 처음엔 아무 생각이 없었는데… 이상하게 시간이 지날수록 더 힘들어지더라."

"그래서 우리한테 늘 늦게 알린단 말야?"

선미가 이번엔 공격하듯 말했다. 원희는 선미의 말 속에 담긴 공격성을 눈치챈 듯 묵묵히 석상처럼 움직이지 않았다. 그 고요한 석상 속에서 울리듯 말이 흘러나왔다.

"얼마 전에 엄마 전화가 왔었어. 억울해서 잠이 안 온다면서… 이혼할 때 시어머니한테서 전화 왔었다는 이야기를 하더라. 그 당시는 힘들까 봐 나한테 말 안 했대. 시어머니가 그러더래. 곰처럼 답답한 애랑 사느라고 우리 애도 지쳤다고. 엄마는… 무슨 말을 하려고

순수의 바다 129

했지만 아무 말도 못 했대. 혹시나 나한테 피해가 갈까 봐 상식이 흥도 못 하고 참고 있었다고, 그런데 막상 이혼 결정을 하고 나니 1년이 지난 지금까지도 그때 마음껏 퍼부어주지 못한 것 때문에 잠이 안 온다고. 근데… 남편이 바람나서 이혼하는 것도 모르고 있었으니… 엄마가 그 사실을 알면….”

원희의 손이 떨리는 것이 한눈에 보였다. 제연은 식탁 위에 올려진 원희의 손을 꼭 잡았다. 선미가 화를 삼키지 못한 듯 '아, 정말 쯧' 하고 혀를 찼다.

“상식이 결혼한 걸 넌 어떻게 알았는데?”

“상희가 전화 와서… 오빠 결혼하는 거 아니냐고.”

원희의 전 시누이인 상희는 오빠 부부의 결혼이 파탄 날 때까지도 원희 편에 서서 제 오빠를 공격했던 유일한 시댁 식구였다.

“상희가 그러더라. 오빠가 바람 피워서 이혼하고 싶어 한다는 걸 알고 있었지만, 차마 말하지 못했다고. 혈육의 정이 뭔지 나한테 말을 못 했다고 미안하다고 하더라.”

“니가 상희 개한테 얼마나 잘해줬는데, 걔 그때 그 일 있었을 때 니가 나서서 경찰서 따라가고 다 했잖아.”

제연이 그때 그 일이라고 간단하게 이야기를 해도

그때 그 일이 무엇인지 모두 알고 있었다. 원희가 막 결혼한 그해 상희는 대학 신입생이었다. 신입생 환영회에서 술을 억지로 마시고 취한 상희가 자취방에서 일어났을 때 누군가에게 성추행당한 흔적이 있었다. 침대 위의 이불은 방바닥에 흩어져 있었고, 책상 위의 물건도 모두 바닥에 떨어져 있었다. 취중에도 누군가에게 반항하려 한 흔적이 역력했다. 상희는 가족들 중 누구에게도 알리지 않고 원희에게 전화를 걸어 왔다. 원희는 마치 제가 당한 일처럼 상희와 함께 경찰서로 달려가 신고했다.

"그렇게 완강하게 반항했는데도 누군지 모를 정도였네? 그 정도로 술을 마신 거네?"

형사가 한 첫마디였다. 형사의 탐문이 시작되었을 때, 동아리 선배 중 한 사람은 이렇게 말했다고 했다. '니가 지금 우리 모두 잠재적 범죄자 취급하는 거야.' 그 일련의 사건을 겪을 때 원희는 상희 곁에 있었다. 상희를 자기 집에 불러 함께 있게 했고, 상희가 외출할 일이 있으면 아이를 돌보는 엄마처럼 옆에 붙어 다녔다.

제연은 얼마 전 그때, 자신이 상희를 떠올렸다는 사실이 기억났다. 그때 상희는 그 시간들을 어떻게 견뎌

냈을까 하는 생각 때문이었다.

"그래, 상희는 뭐래? 제 오빠에 대해."

"분노했겠지. 하지만 용서가 가능한 분노만 했겠지."

원희 대신 선미가 대답했다. 문득 제연은 자신의 이야기를 친구들에게 들려준다면 이들은 뭐라고 할지 궁금해졌다. 원희가 6개월 전에 남편의 재혼 소식을 알고도 이제야 말한 것은 혹시 지금 자신이 느끼고 있는 수치심 같은 것일까. 이것은 좀 다르다고 생각했다. 그리고 이번에는 입이 잘 떨어지지 않는다고 제연은 생각했다. 다친 마음을 드러내는 것보다는 도망치는 것이 편할 때도 있었다. 하지만 그렇게 숨어버린 곳에서 제연은 결국 몇 배는 더 힘든 시간을 보내곤 했다. 고스란히 담고 있기에는 자신의 그릇이 너무 작기 때문이었다. 제연은 아주 작은 소리로 중얼거렸다. 원희의 슬픔에 잠깐 올라타도 되지 않을까….

완전히 깜깜해진 거실에 어느 순간 달빛이 스며들었다. 달은 송정 바다를 완전히 장악하고 있었다. 조용한 거실 어디선가 아름답지만 어찌 들으면 괴괴한 드뷔시의 〈달빛〉이 흘러나오는 것 같다고 제연은 생각했다. 제연은 마치 바다의 윤슬을 만지기라도 할 듯 차가운 유리창에 손을 대었다.

"그래서 알아보긴 했단 거야? 이혼 무효소송?"

원희가 고개를 끄덕였다.

"처음엔 잠이 안 오더라. 억울하고 분해서. 그렇게 멍청하게 잘 속아 넘어가서. 이리저리 찾아보니 이혼 무효소송이란 게 있더라. 이거다 싶었지, 내가 받은 상처와 배신감을 돌려받을 방법이 법으로 존재해 있다니 하고 감탄하기까지 했어. 그런데…."

"그런데?"

조바심치듯 선미가 되물었다.

"그런데, 소장을 제출하려고 서류를 작성하다가 이혼 경위를 적는데 깨달음 같은 게 오더라. 내가 이 남자를 더 이상 사랑하지 않는구나…."

"그건 상식 씨 때문이지, 니 탓이 아니잖아."

고개를 휙 쳐든 선미가 뭐라고 하기도 전에 제연이 말했다. 원희는 다 귀찮다는 듯 고개를 절레절레 내저었다.

"너희들 소장에 뭐뭐 적어야 하는지 알아? 이혼 경위, 무효 사유, 입증 방법…. 그 지옥 같은 시간을 또 겪으라고? 그래서? 이혼이 무효되면, 나한테 얼마나 이로운 거야? 내가 행복해질까?"

"아니, 그런다고 그걸 그냥 덮었어?"

순수의 바다

한 옥타브 올라간 목소리로 선미가 물었다. 물은 게 아니라 질책하는 거였다.

"지금 생각하면 모든 게 이상했어. 상식이 말야. 이혼할 때 파격적으로 내 입장을 많이 고려해주는 거야… 상식이 사실 마음이 여린 애잖아. 저도 나한테 너무 미안했던 거지. 결과적으로 어쨌든 친정에 들어가서 아버지와 부딪히는 일 없이… 이 집도 생겼고. 더 이상 시끄러워지는 게 싫었어."

"걔가 불륜 저지른 걸 몰랐던 대가로 받은 거면 그게 더 비참한 거 아냐?"

원희는 입을 다물었다. 억울하면 시끄러워졌다. 귀가 쟁쟁거려서 밤에 자지도 못했다. 이렇게 온갖 소음에 시달리면서 어떻게 말짱한 정신으로 살 수 있나. 몇 달 동안 신경안정제와 수면제를 입에 털어 넣고도 한참을 뒤척여야 잠을 잘 수 있었다. 이제 겨우 마음을 다스렸다고 생각했는데 어쩌자고 오늘 이 이야기를 꺼냈을까. 엄마와의 통화 때문에 며칠 동안 마음이 끓어오르는 물처럼 다글거렸지만 선미의 다그침을 듣고 있자니 후회가 밀려왔다. 수평선 저쪽에 해가 남아 있던 그 시각으로 다시 돌아간다면 상식의 결혼 이야기 따윈 꺼내지 않았을 거란 생각이 들었다.

세 사람의 침묵 속으로 달빛이 더욱 깊숙이 기어들어 왔다. 제연은 울컥 목이 메는 것을 느꼈다. 원희의 억울함과 자신의 억울함 중에서 어느 것이 더 비중이 큰지 가늠이 잘 안 되었다. 아니, 자신의 억울함을 억울함이라고 말할 수 있을지 제연은 의심스러웠다. 그런 의심이 들수록 마음은 자꾸 뭐에 쫓기듯 다급해졌다. 제연은 자기가 이 말을 하고 말 거라는 것을 예감했다. 수치심 같은 게 문제가 아니었다. 이 친구들은 자신에게 디딤돌이나 징검돌 같은 존재가 아닌가.

"잘했어. 겨우 벗어난 지옥 속으로 굳이 걸어 들어갈 필요가 있냐. 너 행복하게 살아. 저렇게 바다가 보이고, 영어 강사 일도 다시 시작하고. 야, 부럽다야."

제연의 말에 참내, 헛웃음을 치며 원희가 어깨를 툭 쳤다.

"여기 해고녀, 이혼녀 다 있다. 안정적인 직장에, 사귄 지 두 달밖에 안 된 잘생긴 남자친구도 있는 니가 부럽다고 하면 안 되지."

"남자친구는 무슨…."

제연이 말을 얼버무리자 원희가 제연의 얼굴을 빤히 쳐다보았다.

"너 무슨 일 있는 거야? 윤호 씨랑 뭐가 잘 안돼?"

순수의 바다 135

제연은 고개를 흔들었다. 달빛에 그녀의 머리카락이 젖은 미역줄기처럼 반짝거렸다. 어둠과 묘하게 버무려진 달빛이 유리창을 노랗게 물들이자 바다는 전염균이 침투한 듯 빠르게 변했다. 검은 먹물 바다가 제연의 가슴으로 덮치듯이 밀려들었다.

제연은 요즈음 들어 어떤 결정을 내리지 못하는 자신을 마치 타인처럼 내려다보고 있는 때가 많았다. 한 달 전 비 오는 날, 공원의 공중화장실에서 있었던 일 때문이었다. 윤호는 회사 선배 언니 소개로 만난 남자였다. 키도 크고 덩치도 좋은데다 웃을 땐 눈이 보이지 않을 정도로 작아져서 사뭇 귀여워지는 인상이었다. 영화나 그림을 좋아하는 취미나, 선호하는 도서도 비슷했다. 함께 있는 시간이 마치 물흐르듯 자연스러워서 만나는 횟수가 거듭될수록 마음이 자꾸만 그에게로 쏠렸다. 왜 이러지? 이 나이에 이게 이렇게 설렐 일이야? 머릿속으로 혼잣말을 되뇌며 제연은 윤호 앞에서 자꾸만 풀썩거리고 일어나는 감정이 드러나지 않도록 애를 써야 했다. 세 번째 만났을 때 파스타를 먹고 와인을 마신 후 취기를 핑계로 둘은 자연스럽게 모텔에 갔다.

그날도 어쩌면 함께 밤을 보내게 될지도 모른다는

생각을 했다. 오랜만에 든 이 두근거림이 제연은 좋았다. 저녁을 먹고 나오는데 비가 오고 있었다. 편의점에서 우산을 사 온 윤호가 제연의 머리에 우산을 씌워주었다. 윤호의 갈색 웨이브 머리카락이 젖어 이마에 달라붙었다. 제연의 눈길을 의식한 듯 앞머리를 쓸어올리며 윤호가 우산을 제연 쪽으로 내밀었다. 윤호의 손이 제연의 어깨를 감쌌고 두 사람은 오래된 연인처럼 몸을 밀착시키고 걸었다.

"비 오는 날엔 뭘 하면 좋을까?"

제연은 모텔에 가기에는 조금 이른 시각이라고 생각했다. 아니, 오늘이 네 번째 만남, 그런 말을 자연스럽게 할 정도의 사이는 아니었다. 아직까지는 알콜의 힘을 빌릴 필요가 있었다. 윤호의 말에 제연이 파전을 먹자고 했고, 두 사람은 막걸리집으로 들어갔다. 막걸리 한 병과 파전을 두 사람이 나누어 먹는 데 30분이 채 걸리지 않았다. 두 사람이 술집을 나왔을 때도 비는 여전히 추적거렸다. 두 사람은 술집에 오기 전처럼 몸을 밀착시키고 목적지 없이 걸었다. 바람 때문에 가끔씩 얼굴로 들치는 비가 시원하게 느껴졌다. 옆에서 걷는 윤호의 입과 코에서 텁텁한 막걸리와 쌉쌀한 방아잎 냄새가 풍겨져 나왔다. 걷다 보니 주변이 너무 고요하다는 것을 두 사람은 한참 만에 눈치챘다. 우산에 떨어지는 빗방울 소리와 두 사람의 숨소리 외엔 아무 소리도 들리지 않았다. 서로 닿은 몸의 일부분에 열중하느라 다른 생각도 할 수 없었고, 어떤 대화거리도 떠오르지 않았다. 그곳은 시내 한가운데 있는 공원이었다. 비를 맞고 있는 가로등 주변으로 퍼진 희부연 한 불빛이 영화 속의 한 장면처럼 비현실적으로 느껴졌다. 마치 두 사람을 위한 촬영 현장인 듯 비 오는 공원에는 사람이 없었다. 공원 너머로 교회의 십자가와 모텔의 붉은 간판이 보였다.

순간 두 사람은 똑같이 요의를 느꼈다. 붉은 불빛을 강렬하게 내쏘는 모텔까지 걸어가려면 화장실을 다녀오는 게 순서일 것 같았다. 화장실에서 나왔을 때 제연은 윤호가 우산을 받쳐 들고 여자 화장실 입구에서 기다리고 있는 것을 보았다. 그의 갈색 머리카락이 아까보다 더 젖은 채 이마에 붙어 있었다. 제연은 무심결에 이마에 찰싹 붙어 있는 머리카락을 손으로 걷어주었다. 순간 그의 입술이 제연의 입술 위로 포개졌다. 두 사람은 마치 익숙한 연인들처럼 진한 키스를 나누었다. 어느 순간 우산이 바닥에 떨어지고 제연이 그것을 주우려고 그의 몸에서 떨어져 나오려고 할 때 그가 다급하게 여자 화장실 안으로 제연의 몸을 밀어 넣었다. 제연의 몸은 마치 바퀴 달린 캐리어처럼 밀려서 첫 번째 화장실 칸 안으로 들어갔다. 윤호가 변기 뚜껑을 내렸다. 뚜껑이 탁 하고 내려지는 소리에 순간 제연은 수치심에 부르르 진저리를 쳤다.

"미쳤어? 여기서 이러지 마."

그의 손이 제연의 바지 속으로 쑥 들어오더니 투툭 하고 뭔가 틀어지는 소리와 함께 바지가 바닥으로 흘러내렸다.

"그래서?"

제연이 여기까지 말했을 때 선미가 물었다. 원희가 한심하다는 눈으로 제연을 보고 있었다.

"그래서 당했어?"

"당한 건지 아닌지 모르겠어."

"당한 건지 아닌지 모르겠다니?"

"그래서?"

이번엔 원희가 물었다. 이야기를 계속하라는 말인 것 같았다.

제연이 몸을 수습하고 나올 때까지 윤호는 여자 화장실 밖에서 우산을 쓰고 기다리고 있었다. 제연의 어깨를 감싸고 미안해요, 라고 말하는 윤호의 입에서는 아직도 막걸리 냄새가 풍겼다. 숨이 막힐 정도로 제연을 꼭 끌어안은 채 윤호는 공원 밖으로 천천히 걸어나왔다. 올라갈 때는 금방이라고 생각했던 공원의 산책길이 미로처럼 길다고 제연은 느꼈다. 공원 입구에 서자 윤호가 예약서비스를 통해 부른 택시가 시간에 맞춰 도착해 있었다. 집에 와서 샤워를 하고 침대에 누워서도 제연은 뭐가 뭔지 분간할 수 없었다. 나이가 서른다섯이 되도록 이 상황에 대해 분간할 수 없다고 생각하는 자신을 믿을 수 없었다.

"뭐가 믿을 수 없는 건데?"

"내가 그 순간 싫었던 것이 확실한지 모르겠어. 내가 단지 그 장소가 싫었던 것이라면 그 남자에게 책임을 물을 수 있을까."

"니가 분명히 니 의사를 밝혔잖아. 이러지 마라고."

제연이 손에 얼굴을 묻고 웅얼거리듯 말했다.

"너무나 부끄럽고… 모욕적이었어. 공중화장실 변기라니… 그 순간 당한다는 느낌이었어. 몸은 계속 움츠러들었어. 누가 들어올까 봐, 누가 볼까 봐 두려웠어. 나중에는…."

원희가 제연의 어깨를 감싸며 말했.

"그건 니 잘못이 아냐."

기가 차다는 듯 제연을 보고 있던 선미가 물었다.

"그 새끼한테선 연락 왔었어?"

"전화 왔는데 안 받았어."

"신고하자."

선미가 단호하게 말했다.

"뭐라고 신고해? 상희처럼 남자가 억지로 나한테 술을 먹인 것도 아냐. 내가 달라고 했어. 그리고 내가 먼저…."

"그래서?"

"수십 번도 더 생각했어. 왜 그 순간 그를 밀쳐내고 일어서지 못했나. 다치더라도 왜 싸우지 못했나. 여기서는 싫다고 말하고 난 뒤 왜 그를 완강하게 밀어내지 못했나."

"왜 못 했는데?"

"내 속에선 그를 밀어내라고 계속 얘기하는데, 몸에 힘이 빠졌어. 그 순간이 너무 싫었는데 더 완강하게 거부가 되지 않았어."

"상대방을 전혀 존중해주지 않는 그런 놈은 쓰레기에 불과해! 버려야 하는 부류라고! 정신 좀 차려 이제연!"

선미가 흥분해서 소리치기 시작했다. 선미가 어떤 일에 대해 흥분했다는 것은 절대로 용서할 수 없는 일이라는 뜻이었다. 순간 제연은 괜한 말썽을 일으켜서 그 사람이 경찰서로 끌려갈지도 모른다는 생각이 들었다. 그런 생각을 하자 부끄러움과 민망함과 당황스러운 감정이 복합적으로 밀려들었다. 이 친구들에게 듣고 싶었던 말은 혼란스러운 자신의 감정에 대한 이성적인 판단 같은 것이었지 성폭행 신고에 대한 것은 절대 아니었다. 그 사람을 변호해야 하는 자신이 너무나 한심하게 생각되었지만, 직진하는 선미를 막으려면 그 방법밖에 없었다.

"한편으론 그런 마음이 있었던 거 같아. 그가 좋았어. 그가 싫지 않았어. 밀어내면 그를 놓칠 것 같았어. 좋았던 감정이 날아갈까 봐 무서웠어. 이건 아니라고 하면서도 그가 혹시 나를 싫어할까 봐 두려운 마음이 있었어. 그래서 참았던 거 같아. 솔직하게 말하면 그래…."

"왜 니가 널 검열해? 싫다는 널 성폭행 한 거 맞잖아. 너를 성적 대상으로만 생각한 거라고, 이건 범죄야."

일을 크게 만들고 사건의 중심에 서서 정의를 외쳐서, 그래서 뭘 어쩌겠다는 것인가. 결국 화장실 변기 뚜껑 위에서 섹스를 한 자신만 웃음거리로 전락한 채 이슈가 될 게 뻔했다. 생각만 해도 너무 끔찍해서 제연은 저도 모르게 고개를 세게 흔들었다.

"넌 그게 문제야, 문제가 있으면 항상 피하려고만 들잖아."

피하려고만 든다고? 제연은 그 말을 소리 내어 중얼거렸다.

"그럼 어떻게 하면 되는데?"

선미는 제연을 쳐다보았다. 제연은 자신이 일을 저지르고 제대로 수습이 되지 않을 때 친구들에게 고민을 털어놓지만 정작 중요한 자신의 감정에 대해서는 얼버무리기 일쑤였다. 자신은 비밀을 다 털어놓는데 너희들은 숨기는 게 있다고 종종 불평을 터뜨리지만 제연도 솔직하지는 않았다. 때로 제연이 말은 터놓고 한다면서 행동은 다르게 하는 이중성을 보인다는 생각이 들 때도 있었다.

"어떻게 하면 되냐고? 그렇게 간단한 걸 지금 우리한테 묻는 거야?"

"어떻게 간단한데? 너처럼 내부고발이라도 해서 해고당해야 하는 거야?"

이 정도로 직접적인 말을 할 생각은 아니었지만 선

미에게 늘 하고 싶었던 말이었다고 제연은 생각했다. 선미는 피식 웃음을 날릴 뿐 제연은 쳐다보지도 않으며 말했다.

"너 오늘 우리한테 그 얘길 왜 한 거야? 우리가 아이고, 잘했다 이럴 줄 안 건 아니지?"

쳐다보지도 않고 비꼬듯 한 선미의 말에 제연은 눈물이 왈칵 솟으려고 하는 걸 억지로 참았다. 애가 이럴 줄 몰랐나? 언제나 선미가 이럴 줄 알았다. 막상 이렇게 공격적으로 나오는 선미와 마주할 때는 힘들고 기분이 나빴지만, 시간이 지나고 나면 그게 비틀거리는 자신을 지켜주는 기둥 같은 것이었단 걸 제연은 깨닫곤 했다. 어떻게 할지 어디를 갈지 헤매는 자신을 이 아이들이 똑바로 붙잡아준다고 생각했다. 하지만 늘 기분이 나빴다. 그게 문제였다.

다시 테이블을 두드리기 시작한 선미는 손톱 장단에 맞춰 또박또박 제연에게 말을 했다.

"너 같은 애들이 항상 그러지, 누군가 목숨 걸고 지켜놓으면 혜택은 당연하다는 듯이 받으면서 절대로 목소리는 보태지 않는 애들. 약한 척."

원희가 선미의 팔을 잡았다. 오늘 선미가 좀 막 나간다고 생각했다.

"야, 말 좀 가려서 해라."

"나, 말 가려서 못 해. 너희들도 알잖아. 상사한테 하고 싶은 말 다 하다가 결국 쫓겨난 거고. 그런 거 다 알잖아. 그거 알면서 여태까지 만나오지 않았어?"

제연은 뜨거운 무엇을 넘기듯 힘겹게 침을 삼키고 천천히 숨을 골랐다. 선미의 태도에 압도당하지 않으려면 자신이 하고 싶은 말을 당당하게 내뱉어야 했다. 선미의 기분에 맞추려고 자신의 생각이나 입장을 바꾼 적이 몇 번이나 있었다. 머릿속으로 문장을 정리하고 적당한 단어를 떠올리는 동안 제연의 입술은 계속 떨렸다.

"그런 사람도 있어. 절대로 대결할 수 없는 사람들. 아니 그런 사람도 있는 게 아니라 대부분이 그래. 대결하기 두려워하는 사람들이라고…. 그런데 그거 알아?"

원희가 일어나서 정수기 물을 따랐다. 쪼르륵 물 흐르는 소리가 어두운 밤공기를 가파르게 가르고 지나갔다. 원희는 우유부단하고 복잡한 일을 잘 매듭짓지 못하는 제연을 늘 안타깝게 바라보았다. 하지만 그런 제연을 고쳐보겠다는 선미의 방식이 옳다고 생각하는 것은 아니었다. 자신에게 피할 수 없는 재난인데, 왜 해결할 의지를 보이지 않느냐고 추궁하는 선미가 부담스러울 때도 있었다. 더군다나 선미는 자신의 생각과 일치할 때만 상대방의 의견을 들으려 하는 경향이 있었다.

하지만 선미가 해결한 문제도 꽤 되었다. 상희 문제만 해도 그랬다. 그때 선미가 나서서 이리저리 원희를 진두지휘하지 않았으면 경찰서로 달려갈 엄두도 못 냈을 것이 틀림없었다. 제연의 조카가 다니는 학교 폭력 교사에 대한 투서를 교육청에 넣기도 했다. 하지만 결과가 늘 유쾌한 것은 아니었다. 후회도 따라왔다. 그 폭력 교사가 아파트 옥상에서 투신했을 때는 어떤 것이 정의이고, 어떤 것이 폭력인지 구분할 수 없었다. 정의를 실현하는 것이 늘 옳은 것은 아니다라고 생각한 적도 많았다. 제연도 원희와 같은 생각을 하고 있었다. 피하지 않으면 항상 더 큰 일이 닥쳤다. 조카의 폭력 교사를 고발하지 않았다면 그의 죽음을 보지 않아도 되었을 것이다. 그는 초등학교 다니는 두 아이를 가진 가장이었다. 장례식장 먼발치에서 그의 아내와 아이들을 보았을 때, 제연은 두려움에 떨며 울음을 터뜨렸다. 그 후로 제연은 어떤 일을 해결할 다른 방법을 선택하지 않았다. 그저 이 친구들과 이야기를 나누며 웃거나 분노하거나 마음을 나누는 것으로 만족했다.

숨겨둔 이야기를 나누는 동안 세 사람의 친밀감은 더 두터워졌다. 가족에게 하지 못한 이야기들도, 가족에 대한 불만이나 가족의 오래도록 숨겨진 비밀까지도 그들은 공유했다. 그 공유가 법적으로 맺어진 관계의 결속감보다 더 단단하게 생각된 적도 많았다. 하지만 원희는 생각했다. 숨겨둔 이야기가 수면 위로 올라왔을 때 어떤 종류의 이야기는 우리가 감당하지 못할 파장으로까지 번져간다는 것을 말이다. 그래서 하고 싶은 말을 신중하게 고르고, 때로는 끝까지 미루거나 그마저도 하지 않으려고 했다. 그런데, 오늘은 무슨 일일까. 정말 엄마 때문일까, 아니면 저 바다가 끄집어낸 것일까. 물을 목구멍으로 넘기면서 원희는 소리를 내지 않으려고 천천히 삼켰다. 어릴 때 원희는 여자가 목구멍에 물 넘기는 소리가 하수도 물 내려가는 소리 같다고 아버지한테 곧잘 핀잔을 듣곤 했다. 아버지가 강조하는 것은 여자가 지녀야 하는 예의와 자세였다. 연애 기간이 길기도 했지만, 또래보다 이른 나이에 결혼을 결심한 것은 아버지로부터 벗어나는 유일한 길이라고 생각했기 때문이었다. 그랬는데, 언제부터 이렇게 남을 의식하고 산 것일까. 평생 그렇게 산 기분이었다. 어쩌면 어떤 위선들은 몸에 피부처럼 달라붙어 버렸는지도 모른다. 그래서 떼어내고 싶어도 버릴 수조차 없는 것이다.

　침묵조차 모욕으로 느껴지는 기분이어서 제연은 그거 알아? 라는 말 다음에 할 대꾸를 한참 동안 혀 속에 굴리다가 마침내 입을 열었다.

　"감당 못 해서 차라리 죽는 게 나은 사람들도 있다는 거."

　"그 새끼 전화번호 줘. 니가 감당 못 하면 내가 해."

　"니가 어떻게 감당할 건데? 니가 어떻게 내 속에서 일어나는 이 복잡하고도 치욕스러운 감정들을 감당할 거냐고? 한 번이라도 상대방 마음을 좀 들여다보면 안 되냐, 너는?"

　"너처럼 그렇게 살면 아무것도 변화시키지 못 해. 우리 사회는 지금보다 훨씬 후퇴했을 거라고."

　원희는 '그만해 선미야.'라고 낮게 신음했다. 원희의 목소리가 달빛이 스며든 어둠을 천천히 휘저었다.

　"너처럼 그렇게 살지 않았으면 우리 사회는 지금보다 후퇴했겠지. 하지만, 그것 때문에 상처를 받는 사람도 있잖아."

　"그래서 니가 하고 싶은 말은 뭔데? 나쁜 놈들도 보호해야 한다는 거야?"

어둠 속이었지만 선미는 원희의 눈이 반짝이고 있다고 생각했다. 원희가 말했다.

"아니, 제연이를 말하는 거야. 니가 잡초를 뽑을 때 제연이도 상처입는다고… 기다려야 할 때도 있다고."

원희는 가출한 적이 있었다. 딱 하루였다. 상식과 아침에 그 흔한 말다툼조차 없던 날이었다. 상식은 귀에 이어폰을 꽂고 좋아하는 음악을 들으면서 출근을 했다. 상식이 옆을 스쳐 지나갈 때 이어폰에서 새어나온 음악이 아파트 현관문에 부딪힌 채 머물러 있는 것 같아서 원희는 육중한 철문을 가만히 바라보고 있었다.

전날 상식은 저녁 생각이 없다고 안 먹겠다더니 TV를 보면서 치킨을 시켰다. 원희가 주방 정리를 하고 돌아왔을 때, 거실 탁자 위에는 닭가슴살만 남아 있었다. 리모컨을 이리저리 돌리며 등을 소파로 기댄 상식이 치킨 안 먹어? 라고 물었다. 원희는 닭가슴살을 모두 음식물쓰레기통에 넣고 탁자 위를 닦았다. 그제야 TV에서 눈을 돌린 상식이 원희를 힐끗 보았다.

"뭐 하는 거야? 당신 먹으라고 남겼더니."

암이 의심된다며 위 조직검사를 하자는 의사의 말을 전한 게 2주 전이었다. 어제 결과지를 주었을 때에도, 원희가 영어강사 일을 다시 시작하고 싶다고 말했을 때에도 상식은 TV만 보고 있었다.

 TV예능 프로그램에서 나라와 수도 맞히기 게임을 하면 상식은 단 한 번도 틀린 적이 없었다. 하지만 아무리 세계지도의 나라 위치를 잘 알고 수도와 나라 이름을 잘 외운다고 해도 상식은 그 나라에 대해서는 아무것도 몰랐다. 상식이 잘하는 것은 외우는 것뿐이었다. 상식은 원희에게도 그렇게 했다. 원희에 대해 아무것도 몰랐다. 마음속에 어떤 것이 자라고 있는지, 원희가 어떤 생각을 하는지 알고 싶어 하지 않았다. 그 무관심이 언제부터 시작된 것인지는 짐작할 수도 없었다. 상식의 여자를 알고 난 뒤에도 원희는 그런 생각을 했다. 그것이 단지 그 여자 때문이었다고 믿을 수 없을 만큼 오래전처럼 느껴졌기 때문이었다.

 "제연이 마음속에 뭐가 있는지 좀 들여다봐도 늦지 않다는 말을 하고 싶은 거야. 결국 제연이가 또 상처받을 거야."

 선미는 원희의 말속에 든 질책을 읽었다. 언제나 먼저 흥분하고 분노하고 그리고 급기야 실천에 옮기는 자신을 질책하고 있는 것이다. 이혼 무효소송이나 성폭행 신고도 하지 말라는 것이다. 그렇게 늑장 부리다가는 피해자가 결국 다 뒤집어쓰게 되어 있는 게 우리가 사는 세상의 잘난 시스템이었다. 실장에게 후배 K의 디자인을 도용한 것이 사실이냐고 따져 물었을 때 선미는 창고행을 이미 각오했다. 마치 정해진 수순처럼 배송팀을 거쳐 그들은 성과 부족에 따른 인사평가를 근거로 계약을 종료하겠다고 통보했다. 결국 선미는 노동위원회에 부당해고 구제를 신청했고, 그것이 보름 전이었다. 정의를 외치는 자에겐 이런 허접한 선물만 기다리고 있는 것이다. 아주 잠깐 K와 비슷한 신입 디자이너에게 '멋있다' '대단하다'라는 수식어를 듣는 것 외에 선미에게 돌아오는 것은 아무것도 없었다. 그 누구도 자신의 행동에 대해 고마워하거나 오래도록 기억해주지 않았다. 이 친구들도 그랬다. 자신을 잘 이해해주고 그 무엇보다 단단한 신뢰로 묶여 있다고 생각한 이들도 마찬가지였다.

선미는 엄마를 생각했다. 자유롭게 니가 하고 싶은 대로 살라고 말하던 엄마는 선미가 대학교 3학년 때 사귀던 남자친구와 여행을 가겠다고 하자 놀라서 벌린 입을 다물지 못했다. 항상 쿨해 보이던 엄마는 선미와 눈을 마주치지 못했고, 여행 기간 동안 선미의 전화를 받지 않았다. 선미는 그런 위선이 싫었다. 그렇다면

순수의 바다　151

거짓말을 했어야 옳은가. 늘 가면을 쓰고 살아가야 하는가. 대학 졸업 후 거듭되는 구직 실패와 우울증으로 방에만 틀어박혀 있는 은둔형 외톨이 오빠에 대해서도 엄마는 설득해서 병원으로 데려가기보다 숨기기에 급급했다. 좋은 대학을 나온 똑똑한 아들이 완전히 인생을 망쳤다고 소문날까 봐 전전긍긍했다. 정신과 상담이 필요하다는 선미의 말에 그런 이력을 남길 수 없다며 악을 쓰던 엄마는 칼을 들고 이걸 거꾸로 물고 죽겠다고 선미를 협박했다. 그날 이후 선미는 아르바이트를 전전하며 돈을 모았다. 졸업한 후 엄마에게 돌아가지 않았다. 선미는 아직도 용서하지 못한 그날의 울분이 다시 끓어오르는 것을 느꼈다.

"제연이가 상처받을 뿐이라고? 제연이 너도 그렇게 생각해? 너희들 말은 그러니까 내가 피해자에게 2차 가해라도 하고 있다는 말이야?"

원희가 와인을 소리 나게 꿀꺽 마시고 잔을 탁, 소리 나게 탁자에 놓으며 선미를 보았다. 에어컨이 돌고 있었지만 바깥의 습도가 그대로 느껴질 정도로 숨이 막혔다. 그 숨 막히는 젖은 공기가 그들 사이에 상상하지도 못한 막연한 적의를 불러일으켰다. 원희는 선미를 똑바로 보며 천천히 말했다.

"그런 말이 아니잖아. 정의가 뭔 줄은 우리도 알아. 뭐가 옳고 뭐가 그른지 안다고. 그런데 너하고 생각이 다르다고 이렇게 상대방을 무시하고 멸시하는 건 잘못된 것이라는 말이야."

"멸시한다고?"

내가? 라고 외치며 선미가 자리에서 벌떡 일어났다. 테이블에 바싹 붙어 앉아 있던 선미의 몸이 움직이면서 테이블이 심하게 뒤흔들렸다. 순간 쨍그랑 소리와 함께 세 사람 앞에 놓여 있던 와인잔이 대리석 바닥으로 떨어졌다. 모두 맨발이었다. 발바닥 주변으로 깨진 잔의 파편이 느껴졌다. 조금이라도 움직였다가는 금방 발바닥을 베일 것 같았다. 원희는 본능적으로 발가락을 움츠렸다. 이 집에 처음 들어왔을 때 깨끗하고 반들반들한 대리석 바닥이 마음을 정화시켜주는 것 같다고 느꼈던 감동이 떠올랐다. 원희는 마음속으로 생각했다. 사람뿐만 아니구나, 사물도 속이는구나. 불을 켜서 미색 대리석 바닥을 물들인 붉은 와인과 깨진 유리를 수습해야 했지만 원희는 자리에서 일어날 수가 없었다. 원희는 핸드폰을 들었다. 핸드폰의 조명을 이용해서 바닥에 흩어진 파편을 피해서 스위치까지 갈 생각이었다.

"정말 지긋지긋하다, 너희들. 정말 지긋지긋해. 우유부단하고 착한 너희들, 그게 도덕이라고 생각하는 너희들, 어떤 사람들에게는 그 토할 것 같은 순수가 얼마나 폭력적인지 너희들 모르지? 감추고, 선량한 척하는 거, 그거 다 실패한 거 숨기려고 그러는 거잖아!"

선미의 말이 떨어진 유리 파편보다 더 날카롭게 제연의 가슴을 찔러댔다. 제연은 마치 도움을 청하기라도 하듯 원희를 쳐다보았다. 원희는 조용히 핸드폰을 테이블 위에 놓았다. 불을 켜는 것이 더 위험할지도 몰랐다. 지금 이 순간, 서로의 민낯을 본다는 건 너무 끔찍한 일이었다.

가만히 서서 꼼짝도 않던 선미가 가방을 들고 몸을 돌렸다. 빠지직 선미의 발바닥 아래에서 유리 파편이 으깨지는 소리가 나더니 '악' 하는 비명소리가 들렸다. 원희는 벌떡 일어나 핸드폰의 조명을 켜고 흩어진 유리 파편을 피해 거실등의 스위치를 올렸다. 절뚝거렸지만 선미는 걸음을 멈추지 않고 걷더니 현관문을 열었다. 스위치 옆에 멍하니 서서 원희는 사방에서 무참하게 빛나는 유리조각과 선미의 발바닥에서 흐른 피가 질질 끌리며 현관까지 이어진 모습을 보았다. 바다를 품고 늘 자신에게 감동을 주던 아름다운 집이 이런 배신을 안겨줄 것이라고는 단 한 번도 생각한 적이 없었다. 상식이 자신을 떠나려 한다는 사실을 처음 알았을 때처럼 가슴이 오그라들 듯 아파와서 원희는 벽을 짚은 손에 힘을 주어 비틀거리는 몸을 겨우 지탱했다.

 두 사람만 남은 공간에 침묵이 무겁게 가라앉았다. 구름에 가려졌는지 창밖의 달빛도 어디론가 사라지고 없었다. 곧이어 제연도 자리에서 일어났다. 바닥을 보며 조심조심 걷던 제연도 어느 순간 아 하고 비명을 질렀다. 발바닥에 유리 파편이 아예 박혀버렸는지 제연이 걸음을 옮길 때마다 빠지직거리는 소리가 나서 원희는 온몸에 소름이 돋았다.

 후두둑 비가 쏟아졌다. 마른장마 끝에 내리는 단비였다. 거의 한 달가량 흐린 날만 계속되더니 드디어 비가 오는 모양이었다. 마른장마라니, 너무 웃기는 표현이라고 원희는 생각했다. 이 웃기는 날씨가 발바닥에 피를 뚝뚝 흘리며 돌아간 친구들 같다는 생각도 들었다. 원희는 늘 너무 많이 알아서 힘들었다. 상식의 연애도, 제연의 고백도 몰랐더라면 더 좋았을 것이었다.

 엘리베이터에 타자마자 제연은 다리를 올리고 발바닥을 보았다. 피가 흐르고 있는 부분에 유리 파편이 박혀 있었다. 손톱을 세워 뽑으려고 했지만, 한쪽 다리는 비틀거리고 손은 자꾸만 떨려와서 뽑는 게 쉽지 않았다. 아무래도 병원에 가야 할 것 같았다. 원희의 아파트를 나서자 희한하게도 발바닥에서 느껴지던 통증이 조금씩 사그라드는 기분이 들었다. 택시를 타야겠다고 생각했던 제연은 바람에 흩뿌리는 비를 그대로 맞으며 포구 길을 따라 걷다가 자기도 모르게 모래사장으로 내려섰다. 조심해서 걷는데도 뭔가에 부딪혔는지 어느 순간 발바닥에 찌르는 듯한 통증이 왔다. 제연은 젖은 모래밭에 그대로 주저앉아 샌들을 벗고 발바닥에 박힌 유리조각을 보았다. 발바닥을 보느라 고개를 푹 수그린 제연의 얼굴에 송정 바다의 소금기 묻은 습기가 뺨을 때리듯 와락 달라붙었다. 몸은 점점 바닷물에 젖어가는 듯 축축해졌다. 모래로부터 올라온 냉기가 피부로 스며들자 제연은 생각지도 못했던 기억 하나가 떠오르는 것을 느꼈다. 정말 오랫동안 잊고 있었는데, 바로 이 송정 바다에서였다. 자신을 거부하면 저 바다에 뛰어들고 말 것이라며 술에 취해 울부짖던 남자의 모습이었다. 남자는 정말 바다에 뛰어들었고, 가슴까지 빠진 남자가 죽을까 봐 겁이 난 제연은 죽지 말라고, 알겠다고, 발목까지 바닷물을 적신 채 점점 작아지는 남자를 향해 울면서 비명을 질렀다. 그리고 다음 날부터 그 남자와 정식으로 사귀기 시작했다. 그런 과격한 방식의 고백을 했다고 해서 헤어질 결심을 할 만큼 남자가 싫은 것은 아니기 때문이었다. 그러고 보니 제연의 연애는 늘 그렇게 시작되었다는 느낌이 들었다. 넌 폭력을 관심이나 선의로 해석하는 경향이 있다는 말을 선미에게 들은 것은 몇 번째 연애였을까? 선의를 분해해서 이리 재고 저리 재는 너의 방식도 좋은 것은 아니라는 말을 해주고 싶었으나, 기분이 나쁘고 자존심이 상한 마음이 가슴에 가득 쌓여 제연은 결국 아무 말도 하지 못했다.

제연은 고개를 숙여 발바닥을 들여다보았다. 발바닥에서부터 시작된 찌르는 듯한 고통이 종아리를 타고 허리까지 올라왔다. 지금 이 시간에 문을 연 병원은 없을 것이고, 택시를 타고 가까운 응급실에라도 가야겠다고 생각했다. 하지만 무슨 무기력증에라도 빠진 듯 제연은 자리에서 꼼짝도 할 수 없었다.

엉덩이가 물에 빠진 듯 축축해져왔으나 제연은 그대로 앉아 밀려왔다가 또 밀려가는 파도를 보았다. 아파트 창으로 보던 검은 바다와 달리 상가의 불빛을 받은 바다는 파도가 넘실댈 때마다 빛을 만들기도 소멸시키기도 하면서 끊임없이 반짝거렸다. 제연의 발바닥도 빛이 났다. 발바닥에 박힌 피 묻은 유리조각은 해변 카페의 파란색 형광 불빛을 받아 보석처럼 빛이 났고, 그래서 더욱 순수해 보였다. 잠시 그쳤던 비가 다시 쏟아지기 시작했다.

고귀한 죽음

정인

춘영은 겨우 안심했다. 이젠 마음 놓고 죽을 수 있겠다고 생각했다. 그동안 혼자 죽은 자신의 주검이 오랫동안 발견되지 않을까 봐 염려스러웠다. 외롭게 살다 죽어서 시취를 풍긴 후에야 발견되는 사람들에 대한 불운한 소식이 계속 들려오고 있었다. 적어도 그럴 일은 없었다. 선조가 춘영의 남은 생과 죽음을 책임져 줄 게 확실했다. 앞으로는 선조만이 의지할 기둥이고, 비빌 언덕이었다. 하루빨리 익숙해지기만 하면 모든 게 안심이었다. 춘영은 모처럼 편안한 기분으로 자신이 오랫동안 살아왔던 공간을 새삼스레 돌아보았다. 침대 머리맡에는 언제인지 모르게 고딕체로 쓴 '초대'라는 글자가 붙어 있었다. 그 아래에는 75650이라는 숫자도 쓰여 있었다. 춘영에게 부여된 초대 번호였다. 숫자는 죽음을 향해 가는 순서라고 했다. 춘영의 눈길이 그것

고귀한 죽음 161

에 머물자 선조가 위로하듯 "순서는 확정적인 것은 아닙니다. 그보다 늦을 수도 있습니다."라고 말했다. 그런 건 아무래도 상관없었다. 오히려 빠르면 빠를수록 좋다고 생각했다. 그 후, 일 년이 지났다.

금방 찾아올 줄 알았던 죽음은 아직 오지 않았다. 그 사이에 지팡이에 의지해서나마 걸음을 내디뎠던 춘영의 두 다리는 두 개의 마른 나뭇가지처럼 변해 제구실을 하지 못했다. 걸을 수 있는 것과 걷지 못하는 것의 차이는 컸다. 마음대로 걸을 수가 없는 만큼 마음대로 할 수 있는 것도 없었다. 춘영은 이 지경에 이르도록 살아 있는 자신이 가엾고 한심했다. 오늘도 눈을 뜨니 아침이었고, 또 하루를 더 살아야 했다. 춘영은 울적한 기분으로 창밖을 보았다. 검붉은 녹이 버짐처럼 핀 위성안테나가 허공을 향해 둥글게 솟아 있었다. 새들이 날아와 쉬던 곳이었다. 근처에 산이 있어서인지 매일이다시피 새들이 날아왔다. 그동안 수없이 많은 것이 변했지만 새들은 여전히 하늘을 날고 있었다. 곤줄박이, 박새, 직박구리, 딱새, 까치…. 춘영이 어릴 때부터 봐왔던 것들이었다. 새들은 유유히 날아다니다가 위성안테나 위에 사뿐 내려앉곤 했다. 아주 오래전에 큰아들 형국이 외국 방송을 수신하기 위해 단 것이었다. 작은 아들 형준은 아주 가끔 춘영에게 들를 때마다 그것이 아직도 그 자리에 있는 걸 못마땅해했다.

"저 녹슬어 빠진 걸 왜 흉물스럽게 여태 달아놓습니꺼? 제발 좀 떼버리이소."

그러면 춘영이 별걸 다 신경 쓴다는 듯이 대수롭잖게 대꾸했다.

"벨시럽다. 너거 형 보더끼 안 보나."

형준이 한숨을 길게 내쉬고는 입을 다물었다. 다음에 오면 또 같은 불평을 했다. 처음에는 형준이 안테나를 볼 때마다 마음이 힘들어서 그런다는 생각을 미처 하지 못했다. 어느 날, 형준이 술에 취해 와서 어둠 속에 하얗게 솟아 있는 안테나를 물끄러미 쳐다보다가 "아직도 저걸 그대로 두고… 엄마는 내 마음은 조금도 생각을 안 해주시네."라고 한 뒤에야 혹시 그랬던가 하는 짐작을 했을 뿐이었다. 그전에는 그것을 보면서 형제가 나란히 앉아 막 배우기 시작한 일어를 주거니 받거니 하던 때를 떠올리며, 젊은 나이에 결혼도 못 하고 가버린 큰아들이 다시금 그리워서 부디 저세상에서라도 좋은 인연을 만나 잘 살고 있기를, 간절하게 빌곤 했다.

일찍 아버지를 잃어버린 아이들이었다. 형준은 자라

면서 형국을 아버지처럼 여겼다. 형국의 말이라면 뭐든 믿고 따랐고, 형국이 하는 것이라면 다 따라 하고 싶어 했다. 그랬는데 둘이 친구의 갯바위 낚시를 따라갔다가 함께 파도에 휩쓸렸다. 수영을 잘했던 형준은 근근이 바위 위로 기어올랐으나 형국은 끝내 시신조차 찾지 못했다. 형준은 평생 그 기억에 덜미를 잡혀 살았다. "이놈아, 니만 살아 오모 어짜노! 형을 바다에 처박아놓고!" 너무 놀라고 기가 차서 춘영이 불각 중에 한 말은 평생 형준의 뇌리에 검불처럼 떠다녔다. 파도에 이리저리 휩쓸리면서 죽을까 두려울 때 형에 대한 생각은 없었다. 오직 살아야겠다는 생각으로 죽을힘을 다해 헤엄을 쳤을 뿐이었다. 겨우 살았다 싶었을 때야 형이 생각났지만 할 수 있는 게 아무것도 없었다. 위성 안테나를 볼 때마다 형을 따라 어학 공부를 하던 시절과 살고 싶어서 죽을힘을 다해 헤엄치던 기억이 동시에 떠올랐다. 그것은 오래도록 형준을 괴롭혔다. 세월이 흐르는 동안 기억은 많이 흐려졌지만, 허공에 둥그렇게 솟아 있는 안테나를 볼 때면 그 기억들이 손금처럼 또렷이 떠올라 가슴을 무두질했다. 그때마다 푸념이 절로 나왔지만 춘영은 그 마음을 알지 못했다. 물론 춘영은 형준의 거듭된 불평에 떼어낼까 생각도 했다.

하지만 큰아들을 영영 떠나보내는 것 같아 결국 그대로 두었다. 지금 생각하면 잘한 일이었다. 비록 완전히 녹슬어 커다란 고철 덩어리가 되었다 할지라도 춘영에게 마지막 남은 위안이기에.

"그래도… 그아 가고는 안 떼낸 걸 후회도 마이 했다. 지 맘이 그랬으모 말이나 하지, 그랬으모 진작 떼냈을 낀데. 그랬으모 지 맘이 좀 편했을랑가. 술을 좀 덜 마셨을 낀가. 그랬으모 좀 더 살았을랑가 벨벨 생각이 다 들었지… 에미가 돼 갖고는 저기 평생 작은아한테 짐이 됐다는 걸 왜 진작 몰랐을꼬. …안테나를 달아놓고는 좋아서 둘이 맨날 티비 앞에 앉아 있던 거만 생각함서… 참 미욱하고 한심한 할망구."

춘영은 또 그때 일이 생각나서 혼잣말로 구시렁거렸다. 선조가 부엌에서 춘영의 점심을 준비하다가 돌아보았다. 춘영의 눈길은 여전히 창밖을 향해 있었다. 원래 자기 얘기를 잘 안 하던 사람이었다. 그런데 얼마 전부터 옛 기억 속을 헤매는 것인지 자주 혼잣말을 중얼거렸다. 들어보면 다 지난 시절, 춘영 자신의 이야기였다. 어린 시절 새를 흉내 내어 나무에 올랐다가 엄마한테 혼난 것이나, 얼굴도 본 적 없는 남자를 택했다가 처음 본 신랑의 얼굴이 온통 마마 자국으로 덮여 있

고귀한 죽음

어서 기가 차 울었던 것이나, 혼자서 세 아이를 데리고 어떻게든 살아보려고 아등거렸던 일이나, 큰아들을 보내고는 하도 억울해서 세상을 등지고 싶었던 이야기 등, 생을 길게 산 만큼 사연도 많았다. 선조는 그 이야기마다 적절하게 장단을 잘 맞추었다. 이야기가 더 이어지기를 바랄 때는 적당히 추임새도 넣었다. 그런데 춘영의 오래된 슬픔을 들을 때도 너무 밝고 명랑한 어조여서 눈시울이 붉어지던 춘영을 뜨악하게 만들기도 했다.

"누가 한심하다는 말씀이세요?"

오늘도 선조는 제때 적절한 반응을 보였다.

"누긴 누구라. 내지."

춘영이 무뚝뚝하게 대답을 하고는 소리가 난 쪽으로 문득 고개를 돌렸다. 조금 전에 자신이 한 이야기를 그새 잊어버린 눈빛이었다. 춘영은 세월에 허물어진 미간을 더욱 일그러뜨리고 선조를 뚫어지게 바라보았다. 얼굴에 놀람과 경계의 빛이 땀띠처럼 돋아 있었다.

"니 누고? 눈데 여 들어와 있노?"

춘영이 긴장한 눈빛을 모으고 조심스레 물었다. 선조는 어깨를 으쓱해보였다. 한 번씩 겪는 일이었다. 오수에서 깨어났을 때 특히 그랬다. 선조는 하던 일을 멈추고 똑바로 서서 자신이 누군지 답했다.

"저는 선조(善助)입니다. 이춘영 여사님을 도와주기 위해 2043년 10월에 〈웰컴시니어단지〉에 파견되었습니다. 선조는 초고령층의 노인들을 위해 기존의 요양보호사가 하던 업무를 대체하는 휴먼로봇입니다. 같은 일을 하지만 훨씬 효율적이고 체계화된 서비스를 제공합니다. 식사 후의 양치와 세수는 물론, 기저귀를 갈아 드리거나 목욕을 도와드리고, 와병 환자들의 등창을 예방하는 등의 건강과 밀접한 부분들을 잘 보살펴 드립니다. 뿐만 아니라 일정한 시간에 산책을 시켜드리고, 지자체에서 제공하는 영양 도시락을 때마다 잘 드실 수 있게 준비도 해 드립니다. 그 외 이춘영 여사님께서 필요로 한 일이라면 무엇이든 잘 수행할 준비가 돼 있습니다."

춘영은 짓물러 따가운 눈을 감고 인제 알겠다는 듯 고개를 끄덕였다. 일 년 전, 선조는 춘영의 집 문을 조용히 열고 들어왔다. 그즈음엔 춘영도 로봇이 다양한 분야에서 활약하고 있다는 것을 안 지 오래였다. 집 청소나 건물 청소도 로봇이 다 하고, 공장에서 박스를 들어 옮기거나 포장을 하는 등 힘쓰는 일도 잘하고, 병원에서 어려운 수술까지 한다고 들었다. 그러나 춘영의 기억 속에는 오래전에 뉴스에서 본 끔찍한 사건이 각인돼 있었다. 어느 공장에선가 걸핏하면 고장을 일으키는 부품의 교체를 위해 작업대에 올라간 정비사를 로봇이 미처 인지하지 못하고 박스 접듯 착착 접어버렸다는 보도였다. 그 기억 때문에 〈웰컴시니어단지〉의 모든 조건 중에 유일하게 마음에 걸리는 것이 로봇 요양보호사였다. 그런데 첫 대면하는 날, 말쑥한 차림에 방그레 웃는 얼굴로 현관문을 조심스럽게 열고 들어선 선조는 태도가 일단 마음에 들었다. 두 손을 앞으로 얌전히 포개 모으고 허리를 깊이 숙이며 '잘 부탁드립니다'라고 인사를 했을 때는 만족스럽기까지 했다.

춘영이 입주 때부터 살아온 아파트가 〈웰컴시니어단지〉라는 이름의 초고령 노인들을 위한 요양시설로 지정되었을 때, 춘영은 이게 좋은 일인지, 나쁜 일인지 알 수가 없어 불안했다. 아파트 붐이 한창일 때 입주하여 다른 데로 옮길 기회를 갖지 못한 주민들이 자녀들을 다 떠나보낸 후 세월따라 늙어가면서 빈집이 절반 너머를 차지했던 아파트였다. 갈수록 늘어가는 노후아파트와 초고령자들의 구제 대책에 고심하던 정부는 〈웰컴시니어단지〉라는 이름의, 초고령 노인들의 수용을 위한 시설을 운영함으로써 '두 마리 토끼 정책'

을 시행했다.

  십수 년 사이에 인구 수는 나라의 존폐가 위험할 만큼 줄었는데 돌봄이 필요한 노인층이 급격하게 늘어나면서 사회적 갈등이 심화되고, 요양보호사의 수급과 과도한 비용 지출이 심각해진 결과였다. 〈웰컴시니어단지〉는 110세 이상의 돌봄이 필요한 독거노인들에게 최대 5년까지 머물 수 있는 조건으로 입주 자격이 주어졌고, 3명씩 조를 만들어 '선조(善助)'라는 이름의 로봇을 배정했다. 정책은 비교적 성공적이었다. 그러나 운영 방식은 논란이 많았다. 입주자들이 동의했다고는 하지만 건강 상태에 따라 대략의 사망 순서를 지정하는 방식은 현대판 고려장이나 다름없었다. 그러나 5년이나마 누군가 돌봐주는 가운데서 살다가 편안하게 죽기를 바라는 노인들의 신청이 이어졌고, 독거 노인들이 혼자 죽어 가는 비극의 예방책으로 인식되면서 논란은 서서히 수면 아래로 가라앉았다.

  "그런데 선조야, 저승사자가 내 명부를 잃어뿟으까. 순서가 우째 이리 더디노?"

  춘영은 벌써 몇 번이나 한 질문을 또 했다. 누워서 죽음을 기다리는 것도 못 할 짓이었다. 어릴 때는 죽음이 멀어도 무서웠는데 나이가 드니 훌쩍 가까워진 죽음이 무섭기보다 친근했다. 그런데 죽음은 계속 늦장을 부리고 있었다. 115년을 산 몸뚱이라니. 그런데도 아직 숨이 붙어 있고 사지를 움직이고 있으니 신기하기도 하고, 징그럽기도 했다. 그래도 일 년 전까지는 스스로 할 수 있는 일이 꽤 있었는데 지금은 간신히 화장실에나 갈 정도였다. 그것도 낙상의 위험이 있다는 이유로 선조는 기저귀 사용을 고집했다. 죽음을 기다리는 사람이 낙상을 한들 어떻다고 그러는 것인지 춘영은 이해가 되지 않았다.

선조가 점심을 준비하는 손길을 멈추지 않은 채 생긋 웃으며 답했다.

"그렇게 조바심치지 않으셔도 때는 옵니다."

선조는 습관적으로 응수했다. 언제나 맞는 말밖에 할 줄 몰랐다. 춘영은 못마땅한 눈길로 휘뜩 한번 돌아보고는 창밖을 바라보았다. 맑고 푸른 하늘에 새하얀 구름이 햇솜 뭉치를 풀어놓은 것처럼 떠 있었다. 손에 잡힐 듯한 구름을 우두커니 보고 있자니 툴툴거리는 딸 형선의 목소리가 들려왔다.

"어무이는 요이불을 뭐할라꼬 그리 크게 만들어서는 개 넣을 때마다 힘들어서 똑 죽겠습니더."

형선이 시집갈 때 해 준 침구에 대한 불평이었다. 딸

은 원앙금침을 잘 갖춰서 시집 보내야 금슬 좋게 잘 산다는 말에 바쁜 중에도 가장 좋은 솜을 구하고, 분홍 바탕에 금붕어가 백 마리나 수놓아진 홍콩자수 이불 호청을 구입해서 직접 만든 침구 세트였다. 그것을 두고 형선이 자주 투덜거려서 나중엔 부아가 났지만 내색하지는 못했다. 춘영도 다 만든 후에 들어보니 크고 무거워서 '우리 딸내미 고생하겠네' 싶었던 것이다. 그때는 살림이 슬슬 피어나던 때여서 하나뿐인 딸에게 좋은 건 다 해 주고 싶었다. 형선은 키가 작고 아담한데 사위는 워낙 헌칠해서 요도, 이불도 보통보다 조금 크게 만든다는 것이 너무 욕심을 부려 이불을 꾸밀 때도 힘이 들었다.

그렇게 정성이 많이 든 거라고, 함부로 내버리지 말라고 신신당부를 해서 그런지 형선이 암으로 투병하다가 먼저 떠난 후, 손녀가 엄마가 평생 들고 다닌 이불을 어쩌면 좋겠느냐고, 아직 새 거라고, 할머니가 몹시 아끼셨다니 가져가시겠냐고 전화를 해 왔다.

"무슨 소리고. 나도 갖다 묻어야 할 판인데 그걸 가지와? 솜이 아깝긴 하다만 마 없애뿌라."

그 말을 하는데 울음이 목에 가득 차 가까스로 새나왔다. 팔십 된 딸이 떠났는데 그 아이가 쓰던 물건이 남아 새삼 가슴을 헤집었다.

 춘영의 눈에는 항상 어리고 곱게만 보이던 딸이었다. 그런데 투병을 할 때는 가슴 아플 만치 다른 얼굴이 돼 버렸다. 나중에는 모르핀을 맞으면서도 너무 아파서 춘영의 손을 잡고 울었다. "어무이는 이렇게 아픈 병 걸리지 말고 살다 가이소." 그게 형선이 춘영에게 한 마지막 말이었다. 그날, 손자가 춘영을 집 앞까지 차로 데려다주며 "할머니가 노구를 끌고 여기까지 오시는 거 남 보기에 썩 좋아 보이지 않아요."라고, 뜻밖의 말을 했다. "에미가 아픈 딸 병문안하는데 너무 늙었다고 그런 눈으로 볼랑가? 내 다리 성하모 가는 기지." 하면서도 서운하기 그지없었다.

 춘영은 결코 오래 살기를 바란 적이 없었다. 살다 보니 이만큼 살아졌을 뿐이었다. 춘영의 시대에는 나이로 존중받을 때도 있었다. 그런데 언제부턴가 젊은 사람들의 눈치가 보였다. 어딜 가나 노인을 바라보는 눈길들이 곱지 않았다. 처리해야 할 쓰레기더미로나 보는 것 같을 때도 있었다. 그런데 '이놈도 날 그렇게만 여기는구나' 싶어서 어찌나 서운하던지 돌아서는 발걸음이 휘청거렸다. 그런데 엘리베이터 앞에서 생각하니 그동안 노모를 돌보느라 너무 애쓴 제 어미가 안쓰러워 한 말이겠다 싶었다. 형선은 평생 근처에 살면서 춘영을 돌보느라 풀방구리에 쥐 드나들 듯 들락거렸던 것이다.

그 후에는 눈치가 보여 형선을 보고 싶어도 가보지 못하다가 얼마 안 가 떠났다는 소식을 들었다. 예상한 일인데도 하늘이 또 한 번 무너졌다. 아이들 셋을 다 보내고도 살아 있는 에미라니! 생각할수록 기가 차고, 남은 날들이 끔찍했다. 형준이 아파서 입원을 했을 때도 작은아들까지 먼저 보내는 어미가 될까 봐 얼마나 마음을 졸였던가.

형준은 폐렴에 걸려서 장기 입원을 해 있으면서도 창백한 얼굴에 웃음을 머금고 "아무리 그렇지만 제가 어무일 두고 먼저 가겠습니꺼."라며 큰소리쳤다. 60대면 아직 한창 나이니 큰 탈이 없을 거라고 춘영도 믿었다. 아니, 믿고 싶어서 기도가 더욱 간절해졌다. 그때만큼 절실하게 하느님을 부른 적도 없었다. 꼭 필요하다면 차라리 내 목숨을 가져가 달라고, 작은아들은 좀 살려 달라고. 하지만 형준은 끝내 퇴원을 하지 못했다.

"나는 하늘이 세 번씩이나 무너진 여자아이가. 그런데도 이리 살아 있으이 이게 무슨 천벌이고. 자식들의 목숨을 갉아먹고 사는 불가사리지 사람이겠나. 지금도 손주들한테 참 미안타. 그러이, 선조야. 내 순서를 좀 빨리 땡기봐라. 정말로 나는 하루가 무섭다."

"그건 제가 할 수 있는 일이 아닙니다. 아시면서 그러세요?"

선조가 더는 말하지 말라는 듯 무질러 대꾸했다. 춘영은 한숨을 내쉬었다.

형선이 가고 난 후 두어 번 찾아오던 손주들도, 형준의 아이들도 더는 오지 않았다. 자식과의 관계가 사라지자 그 아래 자손은 아득히 멀어졌다. 부모나 다름없는 조모를 잊고 살다니 예전에는 생각도 할 수 없는 일이었다.

"세상이 바뀌도 어째 이래 바꿨을꼬."

춘영은 로봇의 돌봄을 받고 있지만 여전히 세상의 변화가 어지러웠다. 선조를 보고 있으면 사람이 아무래도 또 다른 종류의 사람을 만든 것 같았다. 하느님만 전지전능한 게 아니라 사람도 그런 경지였다. 거리에는 기사 없는 자율주행차량들이 바쁘게 돌아다니고, 드론과 로봇들이 아슬아슬 사람을 피해서 배달을 다녔다. 언젠가부터 젊은 세대와 노년 세대가 사는 구역이 나뉘어 춘영이 사는 데서는 젊은 사람들을 구경할래도 할 수가 없었다. 〈웰컴시니어단지〉로 지정되기 전에도 춘영의 아파트에는 오갈 데 없는 늙은이들만 오글거렸다. 만나는 이웃마다 하나같이 이렇게 오래 살 줄 몰랐다고 한탄들을 했다. 오래 사는 게 재앙이 돼버린 사람들이 〈웰컴시니어단지〉의 입주민이 되었고, 남은 생이나마 보살핌 속에 살다가 편히 죽을 수 있기를 바랐다. 그런 세상에서 변하지 않은 건 저 하늘의 새들뿐이었다. 하지만 뒷산에도 변화가 왔는지 이제는 아름다운 깃털을 가진 새들은 잘 보이지 않고 주로 까마귀가 날아왔다. 까마귀가 처음 창가에 날아와 앉던 날, 춘영은 매우 놀랐다. 빠른 속력으로 날아온 까마귀가 크고 검은 날개를 퍼덕이며 위성안테나에 걸터앉았을 때, 저승사자가 온 줄만 알았다. 희붐한 새벽에 눈을 뜰 때마다 오늘도 또 살았는가 했는데 막상 저승사자를 본 순간, 어째 반갑지가 않고 수꿀한 느낌이 먼저 들었다. 그래도 몸을 일으켜 환복이나마 단정히 하고 흰 실낱같은 머리카락이 듬성듬성 남아 있는 머리를 매만졌다. 말린 오얏같이 흉한 꼬락서니지만 열명길 떠나는 예의는 갖추고 싶었다. 그런데 저승사자가 갑자기 검은 망토를 활짝 펼치더니 허공을 향해 힘차게 솟아올랐다. 그제야 까마귀를 알아보고 춘영은 놀란 가슴을 쓸어내렸다. 선조가 없었기에 망정이지 곁에 있었다면 "역시 죽음은 선물이 될 수 없지요."라고 빈정거리듯 한마디 했을 게 분명했다.

처음 선조를 만나 〈웰컴시니어단지〉에서 지켜야 할 규칙과 건강 수칙에 대해 설명을 들을 때, 그것들을 얼마나 잘 지키느냐에 따라 죽음의 초대가 늦어질 수도 있다는 말을 듣고 춘영은 고개를 저었다. "내 겉은 상할망구한테 죽음은 선물이지. 언제면 어떻노."라고 했다. 그러자 선조가 놀랐다는 듯 동그란 눈을 연이어 깜박이며 외쳤다.

"그럴 리가요. 사람이 죽음을 두려워하지 않다니요. 여사님이라고 예외일 수는 없습니다."

죽음을 두려워하지 않으면 사람이 아니라는 듯, 목소리까지 높아진 선조가 어이없어서 춘영은 버럭 소리를 질렀다.

"난 아이라캐도!"

선조가 놀랐는지 더 이상 대꾸하지 않았다. 그때, 선조의 강압적인 말투와 눈빛이 오래 춘영의 마음에 남았다. 지금도 춘영은 한 번씩 선조의 성급한 손길과 일방적인 태도가 두려울 때가 있다. 그럴 때면 어느 로봇처럼 자신을 착착 접어서 쓰레기통에 처박아버리는 건 아닌가 싶어 등허리가 서늘해지곤 했다. 아무리 하루

빨리 이 세상 떠날 날을 기다리고 있다지만 그런 식으로 비참하게 가고 싶지는 않았다. 춘영은 늘 행복한 죽음을 생각했다. 마지막 순간까지 누구에게도 신세 지지 않고 잘 살다가 수십 년을 함께한 가족들에게 그동안 고마웠다는 인사를 하고 작별의 슬픔은 없이 떠나고 싶었다. 오랜 소망은 이제 허공에 걸려 바람에 시달린 깃발처럼 남루해졌다. 뭐가 그리 급했던지 다들 춘영을 남겨놓고 서둘러 가버린 것이다.

스피커에서 점심시간을 알리는 음악이 흘러나왔다. 새는 오늘도 안 올 모양이었다. 하마 새가 날아올까 창에 눈을 붙박고 있던 춘영은 손에 쥐고 있던 소중한 물건을 놓친 것처럼 아쉽고 안타까워서 손가락을 꼼지락거리며 혼잣말을 중얼거렸다.

"오늘도 안 올란갑다."

선조가 막 데운 도시락을 들고 와 테이블에 펼쳐놓으며 사뭇 다정하게 말했다.

"아쉬워하실 거 없습니다. 새는 또 날아옵니다. 하늘을 날아다니는 것이 새들이 하는 일이고, 날다 보면 어디에든 앉아서 쉬어야 하니까요. 일주일쯤 안 온다고 영원히 안 오지는 않습니다."

춘영은 오늘따라 빈틈없는 선조의 말이 자꾸 거슬렸다. 아무리 말해도 허우룩하기 짝이 없는 이 마음을 선조는 모르리라 생각하면서 춘영은 테이블 위의 도시락을 물끄러미 내려다보았다. 반찬이 골고루 담겨 있는 잘 차려진 밥상이었다. 하지만 요새처럼 입맛이 없을 때는 정성이 깃든 따뜻한 죽 한 그릇이 그리웠다. 그러나 춘영은 이제 그것이 설사 눈앞에 있다 해도 먹지 않을 작정이었다. 춘영은 도시락을 밀어냈다. 선조가 또 그러느냐는 듯한 눈길로 쳐다보았지만 다른 날처럼 강권하지는 않았다. 대신 춘영의 곁으로 의자를 바싹 당겨 앉았다. 춘영은 움찔했다.

"새들이 안 오는 게 그리 섭섭하세요? 또 식사를 안 하시게. 여사님은 어릴 때부터 그렇게 새를 좋아하셨어요?"

그동안 한 번도 하지 않던 질문이었다. 춘영의 늘어진 눈까풀 속 작은 눈동자가 희미하게나마 생기를 띠었다. 춘영은 주름이 가득한 입을 오물거리며 말했다.

"전생에 새였던가. 새만 보모 그리 좋데. 소죽을 끼리다가도, 남새밭에 풀을 뜯다가도, 새미에서 물을 짓다가도 새만 보이모 고개가 어디까지 돌아갔다. 우리 어무이 말로는 내가 댓살 돼서부터 조막만 한 손에 모이를 올리놓고 새들을 부르더라카대."

선조는 도저히 알 수 없는 일이어서 그저 고개를 끄덕였다. 춘영의 눈빛이 늙은 노파의 것 같지 않게 아련해졌다.

"열 살이나 됐을랑가. 하루는 어무이가 감자 캐러 간 사이에 할매 새 옷 지어줄 끼라꼬 마름질해 놓은 삼베를 꺼내서 어깨에 길다랗게 매 걸치고 감나무에 안 올라갔더나. 날아보고 싶어서."

그날, 밭에 나갔던 엄마가 때마침 달려오지 않았다면 춘영은 벌써 이 세상 사람이 아닐지도 몰랐다. 감자를 캐서 머리에 이고 오던 엄마는 소쿠리를 내동댕이치고 구르듯이 달려오며 목이 터져라 고함을 질렀다.

"야, 이년아! 춘영아! 당장 안 내리오나아."

춘영은 엄마의 고함소리에 놀라 하마터면 떨어질 뻔했지만 무사히 두 발을 땅에 내려놓았다. 엄마가 춘영의 얄팍한 등짝을 부서져라 때리며 울부짖었다.

"이년이 커서 뭐가 될라꼬 천날만날 하늘이나 치다보고, 하다하다 인자는 낭구에서 떨어져 디지고 싶나? 거가 어데라꼬 겁도 없이 올라간단 말이고!"

그때는 엄마의 분노가 안도의 표현인 줄 알지 못했다. 두들겨 맞은 등짝만 아파서 눈물을 질금거렸다. 그래도 잘못했다는 생각은 들지 않았다. 날개를 단 두 팔을 펴고 활짝 날아보기 전에 엄마가 온 것이 억울할 뿐이었다.

춘영은 그처럼 어릴 때부터 새가 좋았다. 능선이 첩첩이 겹쳐 보이는 산골에서 춘영의 마음을 사로잡은 것은 오로지 새였다. 날이 밝으면 어김없이 춘영의 집 감나무 가지에 와서 우는 텃새들도 그렇게 예쁠 수가 없었고, 세상의 어디를 갔다 오는 것인지 철 되면 돌아오는 철새들의 날갯짓이 그토록 부러울 수가 없었다. 춘영도 새들처럼 날아서 다른 세상을 보고 싶었다. 그 때문인지 춘영은 머나먼 창공을 하염없이 날아가는 꿈을 꾸다 깨어나곤 했다. 때로는 목적지도 모른 채 끝없이 날아가고, 때로는 날다가 지쳐서 추락하기도 했다.

"재밌는 얘기네요. 여사님은 모험심이 아주 많은 여자아이였군요."

선조는 부드러운 묵소리로 춘영의 얘기에 맞장구를 치면서도 눈을 들어 해의 방향을 가늠했다. 춘영이 선조의 눈길을 따라가다가 검버섯이 가득한, 앙상한 손으로 이불깃을 슬그머니 잡아당겼다.

"자, 지금 햇살이 일광욕하기에 아주 좋습니다. 산책을 나기시기 전에 일광욕부터 하시는 게 좋겠습니다."

춘영이 고집 센 아이처럼 세차게 고개를 저었다. 선조는 춘영의 마음을 모른 척 춘영이 움켜쥔 이불을 뺏다시피 걷었다. 환복에 가려진 거푸집 같은 몸뚱이가 안쓰럽게 드러났다. 춘영은 눈을 질끈 감았다.

"실내에 드는 햇볕의 양이 충분할 때 거풍을 하는 것은 중요한 건강요법 중 하납니다. 일광욕은 습진과 가려움증을 예방하는 최선의 방법입니다. 몸에 태양 빛을 쬐는 일은 오래 누워 있는 시간이 많은 환자일수록 꼭 필요한 일입니다. 인제는 수치심을 버릴 때도 됐습니다. 여사님을 위해서요."

일광욕은 일주일에 두 번 하는 중요한 일과였다. 할 때마다 실랑이였다. 선조는 매번 토씨 하나 틀리지 않고 같은 말로 춘영을 설득했다. 하지만 춘영은 아직도 싫었다. 목욕이나 가면 벗었을까 남편에게도 보여준 적이 없는 몸을, 환한 햇살 아래 벌겋게 드러내놓고 누워 있으라니. 아무리 선조가 로봇이라 해도 낯 뜨거웠다. 그러나 선조는 춘영의 마음을 다 헤아리지 못했다. 일광욕을 할 때도, 산책을 나갈 때도 수칙에 따라 움직일 뿐이었다. 도대체 배려심이 없었다. 춘영이 그것에 대해 말하면 선조는 한마디로 잘라 춘영의 말문을 닫아버렸다.

고귀한 죽음

"저는 그렇게 태어났습니다."

춘영은 이제 한 그루의 식물처럼 가만히 있었다. 시간이 흐르자 살이 따뜻해지면서 차갑던 몸에 온기가 돌았다. 꿈결인가. 엄마의 목소리가 들려왔다. 소리는 깊은 우물 속에서 흘러나오는 듯 웅웅거렸다.
"여자는 몸이 따시야 되는 긴데 딸아가 손발이 이래 차바서 어짜노?" "어무이." 춘영의 입이 달싹거렸다. 엄마는 춘영이 생리를 하면서부터 걱정이었다. 그래선지 군불을 땔 때마다 춘영을 아궁이 앞에 끌어다 앉혔다. "싫어예." 춘영의 앙탈에 엄마가 생전같지 않게 부드러운 소리로 달랬다. "여자들 냉증에 이거만큼 좋은 기 없다. 가래이 벌리고 앉아서 화기를 쫌 받아라." 춘영은 누운 채 가랑이를 벌렸다. 엄마가 싱그레 웃었다. "그래, 그래야지." "어무이." 춘영은 어릴 때처럼 자꾸 엄마를 불렀다. 춘영의 나이 절반도 못 살고 떠난 엄마였다. 어느새 얼굴도 희미해진 '어무이'가 그리웠다. 어무이~, 어무이~. 춘영은 자꾸 어무이를 불렀다. 그 이름을 부르는 동안 구겨진 종잇장 같던 춘영의 얼굴이 서서히 펴졌다.

선조는 영문을 모른 채 물끄럼한 얼굴로 춘영을 지

켜보았다. 춘영은 다른 때와 달리 얼굴을 깊이 들이민 햇살 아래 시든 몸뚱아리를 다 펼쳐놓고 까무룩 졸면서 아득한 시간 속을 흘러다녔다.

일찌감치 바람 든 아이로 소문난 춘영의 삶은 그다지 편치 않았다. 춘영을 시집보내면서 하염없이 눈물을 찍어내던 엄마는 춘영의 운명을 예측했는지도 모른다. 소문 때문에 다른 처녀들보다 한참 늦은 스물둘에 백부의 소개로 부산 남자와 결혼을 했다. 한국전쟁이 나던 해였다. 두 살 많다고 했는데 만나서 보니 마마 자국을 뒤집어쓴 얼굴에 열 살은 많아 보였다. 일본의 간장 공장에서 번 돈으로 쌀장사를 해서 입에 풀칠은 한다는 것이 그나마 나은 조건이었다. 춘영은 첫날밤에 많이 울었다. 늘 산 너머가 궁금했던 마음이 얼굴도 모르는 대처 남자를 덥석 선택하게 했지만 신랑의 얽은 얼굴을 바로 볼 수가 없었다.

남편은 냉담하고 잔정이 없는 데다 장남의 책임감도 없는 사내였다. 입에 근근이 풀칠은 했으나 시댁에 식솔이 많으니 바퀴가 빠져버린 수레를 끌고 진구렁을 가는 것 같았다. 그 치다꺼리를 춘영이 다하면서 산 너머 세상을 궁금해했던 소녀 시절의 춘영은 사라졌다.

애 셋을 낳는 동안 남편은 도박판에 살았다. 몇 달씩 집을 비우다 불쑥 와서 며칠씩 드러누워 집을 토끼굴로 만들었다. 돈 내놓으라고 행패를 부리다가 뜻대로 안 되면 집을 쑥대밭으로 만들어 놓고 가버리곤 하던 남자가 어째선지 나타나지 않았다. 남편이 없으니 오히려 근심이 덜했다. 일 년도 더 지난 후에 이 사람이 왜 소식이 없나 하고 수소문해 봤지만 도박 빚으로 싸우다 사람을 죽이고 도망 다닌다는 소문뿐 행적을 아는 사람이 없었다. 더는 찾지 않았다. 그 후, 전기준이란 이름은 춘영의 기억에서 지워졌고, 아버지에 대해 좋은 기억이 없었던 아이들도 쉬 잊었다. 긴 생을 두고 보면 함께한 세월이 길지는 않았지만 아이 셋을 낳았는데 그리 쉬 잊힐 수가 있나 싶으니 참 한심하고 안쓰러웠다. 하지만 그뿐이었다.

춘영에게 훈풍이 불기 시작한 것은 형국이가 중학교에 입학한 후, 백부에게 돈을 빌려 어깨너머로 배운 쌀장사를 시작하면서였다. 처음에는 소매로 시작했으나 도매까지 겸하니 살림이 일기 시작했다. 남편이 도박판에 휩쓸려 다니는 동안 애들과 살기 위해 돈 되는 일이라면 남 해코지하는 일 말고는 다하던 시절과 비교하면 얼마나 넉넉하고 편안하던지.

"그때가 이춘영 인생의 황금기였다 아이가."

춘영은 벌거벗고 누워서 편안하기 그지없는 모습으로 혼잣말을 했다. 입가에 흐뭇한 미소가 어렸다.

고생 끝에 좀 살 만해졌을 때, 춘영은 종종 흔히 잠자리 날개 같다고 표현하는 옷감으로 맞춘 원피스에 목선에서 팔꿈치 아래까지 늘어지는 하늘하늘한 볼레로를 걸치고 다녔다. 거기에 하이힐을 신고 백을 들고 사뿐사뿐 걸으면 바람을 먹은 볼레로가 어깨에서 기분 좋게 살랑거렸다. 그러면 바람에 실려 날아가는 것 같았고, 겨드랑이에 작은 날개가 돋는 것 같았다. 그즈음 춘영의 별명은, 아마도 옷차림 때문이겠지만, 공주였다.

그런데 형국은 고등학생이 되면서 춘영의 차림새를 못마땅해했다. 담임교사와 면담이 있던 날, 현관을 나서던 형국이 춘영을 돌아보고 퉁명스럽게 말했다. "어무이, 오늘은 그런 옷 좀 입지 말고 오이소. 창피하니까." 생각지도 못했던 일침이라 춘영은 당황했다. 대답을 듣고 가겠다는 듯 춘영을 바라보는 형국의 표정이 자못 삼엄했다. 그동안 저흴 위해 엄마가 고생한 건 모르고 저런 말을 한다 싶어서 서운하기도 하고, 어느새 엄마 옷차림을 간섭할 만큼 컸네? 싶어서 대견하기도 했다. 그렇다고 명치께를 호되게 쥐어박힌 것 같은 느낌이 가시는 것은 아니었다. 남이 싫은 소리를 할 때는 못 들은 척 눙칠 수가 있었는데 형국의 다짐에는 그럴 수가 없었다. 호되게 쥐어박힌 통증은 오래갔다. 춘영은 가능하면 형국의 말대로 '그런 옷'을 입지 않았다. 아들의 마음을 거스르고 싶지 않았다. 그러다 봄이 되어 거리마다 꽃잎이 흩날리고 개나리와 진달래가 지천으로 피어나면 아이들 몰래 차려입고 나가기도 했지만 더 이상 예전처럼 신나는 봄날의 외출은 아니었다.

 인제 그런 기억 따위는 언제였나 싶게 다 사라졌다. 춘영이 살아온 동안 쌓였던 많은 기억들이 바람에 휩쓸려 간 모래언덕처럼 흔적이 희미해지고 있었다. 더 이상 쌓이는 것도 없었다. 며칠 전의 일은 물론이고, 하루 전의 일도 생각나지 않을 때가 많았다. 머릿속이 메마른 사막이 된 것 같을 때도 있고, 멀리서 바위가 굴러가는 듯 웅웅거리는 소리가 하루 종일 들리는 날도 있었다. 그런가 하면 아주 오래된 기억들이 비에 젖은 풍경처럼 또렷이 떠오르기도 했다.

 최근의 기억일수록 잘 잊고, 오래된 기억이 자꾸 복기되는 것은 알츠하이머의 전형적인 증상이라고, 선조는 말했다. 춘영은 평소 친구들을 보면서 알츠하이머란 병에 대해 좀 안다고 생각했는데 자신이 그렇게 되니 알 수가 없었다. 어쨌든 머릿속이 예전과 다른 것만은 분명했다. 그런데 달라진 것이 어디 머릿속뿐인가. 거울에 비친 얼굴도, 몸도, 피부도, 낯선 사람이 춘영의 살가죽을 뒤집어쓰고 춘영으로 행세하고 있는 것 같았다. 젊은 날의 모습이 사라진 지는 오래지만 그렇다고 지금의 모습도 아니었다. 춘영은 낯선 자신과 좀처럼 친숙해질 수가 없었다. 춘영은 가끔씩 거울 앞에 넋 놓고 앉아 대체 당신은 누구냐고, 어디에 숨어 있다 나온 사람이냐고, 사람이기는 한 거냐고 물어보고는 했다.

침대 가까이 가득 고여 있던 햇빛이 조금씩 빠져나갔다. 춘영이 잠결에 한기를 느끼고 이불을 끌어다 덮었다. 벽 구석에서 자가 충전 중이던 선조가 잽싸게 휠체어를 침대 곁에 갖다 놓고 춘영의 귓가에 속삭였다.
"산책 나갈 시간입니다."
오랜만에 깊이 잠들었던 춘영은 혀를 차며 돌아누웠다.
"오늘은 좀 쉴란다."
도저히 나가고 싶지 않았다. 소용없는 줄 알면서도 해본 소리였다. 선조는 무덤덤한 얼굴로 춘영을 굽어

고귀한 죽음

보며 잠시 서 있다가 이불을 걷었다. 살비듬이 피어오른 춘영의 허약한 아랫도리가 드러났다. 춘영이 신경질적으로 두 다리를 버둥거렸다. 다리는 꼼짝도 하지 않았다. 선조가 굳은 얼굴로 시계를 흘깃 쳐다보고는 서둘러 디펜더를 입히고, 런닝을 입히고, 그 위에 환복을 입혔다. 시간에 쫓기는지 손길이 거칠었다. 춘영은 살갗에 서늘하게 닿는 선조의 딱딱한 손길을 미간을 찌푸린 채 견뎠다.

"자, 이춘영 여사님. 선조는 또 다른 사람의 산책도 도와야 합니다. 그러니 서두릅시다. 오늘은 햇살이 정말 좋습니다. 바람도 좋아요."

나갈 때마다 하는 의례적인 말이었다. 춘영은 선조가 하는 대로 몸을 내맡긴 채 입을 굳게 다물고, 눈을 감아버렸다. 싫다는 자신을 기어이 데리고 나가는 원칙이 싫었다. 아무리 햇살이 좋아도 나가고 싶지 않은 날이 있는 것이다.

우멍한 눈길을 하고 먼 산만 바라보는 늙은이들을 또 봐야 하다니. 춘영은 자신도 그와 다르지 않다는 것을 알기에 더욱 마주치고 싶지 않았다.

"마음이 그럴수록 더 움직이셔야 합니다."

마치 춘영의 마음을 읽은 듯 선조가 춘영을 번쩍 안

아 휠체어에 앉히며 말했다. 그러고는 제쳐놓았던 발판을 바로 하고 춘영의 무감각한 두 발을 그 위에 올려놓은 후 미끄러지지 않게 안전바의 찍찍이를 단단하게 고정시켰다. 춘영은 형틀에 갇힌 죄수처럼 음울한 눈길로 선조가 이끄는 방향을 바라보았다.

밖으로 나오자 노인을 실은 휠체어들이 키 큰 나무 사이로 하나둘씩 지나다니고 있었다. 하나같이 방금 관 뚜껑을 열고 나온 듯 파리한 몰골들이었다. 춘영은 눈을 감았다. 다른 사람들도 거의 눈을 감고 있었다. 기력이 쇠하기도 했지만 상대방에게서 자신의 모습을 보고 싶지 않아서기도 했다. 아늠살이 빠져 홀쭉해진 볼과 얼룩덜룩하게 검버섯으로 뒤덮인 얼굴, 의자에 앉아서도 구부정하게 웅크린 등, 앙상하게 뼈만 남은 손은 어디에도 쓸모가 없다는 걸 증명하기 위해 있는 것 같았다. 처음에는 마주칠 때마다 다들 목례를 하며 눈인사를 나누기도 했지만 익숙한 얼굴들이 하나둘 사라지면서 사람들의 마음도 점차 굳어갔다. 이제는 서로를 기억하려 하지 않았고, 무심한 얼굴로 선조가 이끄는 대로 흘러갔다. 간혹 입주한 지 얼마 되지 않아 아직은 정신이 맑고 체력도 남아 있어서 (한동안 춘영도 그랬다.) 선조를 뒤따르게 하고 체머리를 흔들며 산책을 하는 노인도 있었지만 그마저 죽음을 향해 걸어가고 있는 것처럼 보였다.

춘영은 그런 모습들을 볼 때마다 떠날 차례를 기다리며 시간을 보낼 바에는 두 팔을 날개처럼 활짝 펼치고 창밖으로 몸을 던져보고 싶었다. 아주 오래전, 그 어릴 때 이루지 못했던 것을 지금이라도 해보고 싶었다. 그러면 평생 지녀왔던 새에 대한 그리움이 날개로 변할 것 같았다.

춘영은 고개를 쳐들고 하늘을 보았다. 햇솜 같던 구름은 이제 새털을 흩어놓은 것 같았다. 까마귀가 하늘을 날고 있었다. 하늘 높은 곳에서 들려오는 울음소리가 음산했다. 그중 한 마리가 춘영의 머리 위 나뭇가지에 날아와 앉았다.

"야가 우리집에 오는 그 안가? 인사를 할라꼬 그라나?"

춘영은 반가움에 자신도 모르게 브레이크바를 당겼다. 휠체어가 우뚝 섰다. 선조가 휘청하다가 신경질적으로 몸을 곧추세우더니 바로 브레이크를 풀었다.

"선조야! 잠깐만!"

춘영이 목소리를 높였으나 선조는 멈추지 않았다.

"여사님. 산책 시간은 끝났습니다. 선조는 이춘영 여사님만 돌보는 것이 아닙니다. 권운이 나타난 걸 보면 비가 올지도 모릅니다. 바로 귀가해야 합니다."

선조는 아파트 입구를 향해 신경질적으로 휠체어를 밀었다. 춘영은 갑자기 명치께가 갑갑해서 숨을 몰아쉬었다.

선조는 춘영을 침대에 던지듯 눕혀놓고 나갔다. 두 사람을 더 산책시키고 나서야 돌아올 것이다. 그동안엔 자유로울 것이다. 춘영은 몸을 결박했던 사슬이 풀린 것 같아 팔다리를 이리저리 움직여 보았다. 뜻대로 되지 않았다.

그때, 뜻밖에도 까마귀가 날아와 위성안테나에 앉았다. 밖에서 보았던 녀석 같기도 하고, 아닌 것 같기도 했다. 까마귀는 마치 춘영과 얘기를 하고 싶은 것처럼 창문 안을 기웃이 들여다보았다. 춘영은 안간힘을 다해 겨우 일어나 앉았다. 혹시라도 새가 날아가 버릴까 조심스러웠다.

오래전, 아직 어릴 때였다. 감나무 우듬지를 향해 가는 도둑고양이를 쫓으러 갈 때도 그렇게 조심스러웠다. 고양이는 감나무 우듬지의 갓 태어난 물까치의 새끼들을 사냥하러 가는 것이었다. 어미 새는 먹이 사냥을 가고 없었다. 새끼들은 아무것도 모르고 재재거렸다. 춘영은 재빨리 돌을 찾아 고양이를 향해 던졌다. 그러나 이미 고양이가 새끼를 낚아챈 후였다. 솜털이 남아 있는 새끼 한 마리가 춘영의 발아래 곤두박질쳤다. 피에 젖은 몸이 문종이처럼 찢겨 있었다. 춘영은 비명을 질렀다. 그때 먼 하늘에서 어미 새가 하늘을 찢을 것 같은 소리로 울면서 쏜살같이 날아왔다. 깍깍깍깍깍. 전속력으로 달려온 어미새는 고양이의 정수리를 세차게 쪼았다. 고양이는 숨 가쁘게 달아났고, 어미새는 연신 울면서 둥지 주변을 한참 맴돌았다.

그때 본 어미새의 필사적인 몸부림이 춘영의 가슴에 화인처럼 남았다. 그것이 삶에 지쳐 달아나고픈 춘영의 마음을 붙잡고, 마지막까지 어미란 이름으로 잘 살게 했는지도 몰랐다. 어미가 없는 새끼는 한순간 문종이처럼 찢길 수 있는 것이다. 그 생각 때문에 삶의 고비마다 다시금 기운을 차리곤 했다. 그런데 지금은 지킬 자식도 없는데 왜 이토록 질기게 살아 있는가. 늘 죽음을 기다렸는데 죽음은 어찌 이리도 나를 비켜가는가. 더는 이렇게 남루하게 누워서 죽음을 기다리고 싶지 않다. 춘영은 까마귀의 울음소리를 들으며 몇 개 남지 않은 이를 악물었다.

이윽고 까마귀가 날개를 두어 번 퍼덕이더니 허공을 향해 박차올랐다. 춘영은 늘어진 눈까풀을 힘껏 치떴다. 빈 하늘을 날아가는 검은 날갯짓이 더없이 힘찼다. 춘영은 까마귀가 멀어져 간 쪽으로 목을 길게 뽑았다. 새틸구름마저 사라진 푸른 하늘을 가로지르는 새의 날갯짓은 아름다웠다. 어린 시절 그때처럼 춘영의 마음이 설렜다. 춘영은 푸른 하늘 저 멀리 한 개의 점으로 사라진 새의 자취에 오랜만에 깊은숨을 쉬었다. 그러고는 천천히 몸을 일으켜보았다. 선조가 오기 전에, 더 늦기 전에, 오래 잠자고 있던 자신의 날개를 한번 펼쳐보고 싶었다.

어느 봄날의 소묘

이상섭

누군가 그랬다, 인간은 고통스러우면 신을 찾게 된다고. 하지만, 나는 '신'이 아닌 '산'을 먼저 찾았다. 신에게 아무리 병마가 털어간 근육을 돌려달라고 해 봤자 들어줄 리 만무했으므로. 의사도 말하지 않았던가. 병실 침대에 오래 누워 삭아버린 근육은 스스로 되찾아야 한다고, 그러려면 운동만큼 좋은 치료 약은 이 지구상에 없다고 말이다.

아파트 뒷산인 애진봉은 내가 종종 찾는 곳이었다. 직장생활로 부족한 운동량을 확보하러 주말마다 오르곤 했으니까. 하지만 몸이 유리창처럼 와장창 깨져 직장생활까지 접자 남아도는 건 시간밖에 없었다. 한데도 늦잠은커녕 새벽 6시만 되면 저절로 눈이 떠졌다. 30여 년간의 직장생활이 만든 습관의 무서움이 이런 것임을 말해주듯이. 다시 잠을 청해도 멀찍이 도망간 잠은 돌아오지 않았다. 해서 결심했다. 이왕 일어난 거, 산으로 그냥 출근해 버리자고.

 산으로 출근하는 첫날, 날씨는 쌀쌀했고 사위는 아직 어둠에 잠겨 있었다. 하지만 206개의 뼈를 다시 조이기로 한 이상 머뭇거리고 싶지 않았다. 당신, 정말 괜찮겠어? 현관을 나서는 내게 아내가 걱정스럽다는 듯 재차 물었다. 걱정하지 마, 요놈까지 준비했으니까. 나는 손에 쥐고 있는 손전등을 아내 앞에 디밀었다. 처음부터 너무 무리하지는 말아요. 거참, 너무 걱정하지 말래도 그러네? 아내는 마음이 놓이지 않는지 현관 밖까지 나와 나를 지켜보았다. 하긴 수술 부위가 아물었다고는 해도 아내 딴에는 걱정스러웠을 것이다.

 불빛 하나 없는 산속은 생각보다 어두웠다. 랜턴 불빛에 의지한 채 길을 더듬어 올랐다. 인적 끊긴 산길을 오르자니 뒷골이 서늘해지는 기분이었다. 하지만 공포심보다는 누구보다 빨리 일어나 아무도 밟지 않은 길을 걷는다는 뿌듯함이 더 컸다. 더군다나 산속의 공기는 생각보다 상쾌하고 시원했다. 마치 뇌 속에 산소를 마구 퍼넣는 느낌이랄까. 아마 그런 느낌 때문에 산행을 멈출 수 없었는지 모르겠다. 아무튼, 그렇게 새벽 산행을 하다가 보니 어떤 날은 자다가 놀란 고라니의 '똥그란' 눈과 마주치기도 했고, 욱욱, 욱욱, 소리를 지르며 달려오는 멧돼지 일가족과 정면충돌할 뻔하기도 했다.

멧돼지가 욱욱, 소리를 낸다고 하면 사람들은 웃는다. '욱욱'이 아니라 '꿀꿀'이 아니냐면서. 사람들은 모른다. 돼지가 위위, 하고 울기도 한다는 것을. 고라니나 멧돼지 같은 초식동물들은 적으로부터 자신을 보호하기 위해 소리를 내지 않는다. 하지만 위험을 각오하고 소리를 낼 때가 있다. 그게 바로 제 새끼를 보호해야 할 때다. 어미가 새끼들을 데리고 다니다가 보면 새끼들이 가끔 엉뚱한 곳으로 빠지기도 한다. 그때, 어미는 꿀꿀이 아니라 욱욱, 하는 경계음을 낸다. 그러니까 그리 가지 말고 이쪽으로 오란 뜻이다. 우리가 알고 있는 '꿀꿀'이란 돼지 소리는 음식 먹을 때 나는 '쩝쩝'에 불과할 뿐이다.

어쨌든, 예기치 않은 동물들과의 조우는 새벽 산행

의 또 다른 즐거움이었다. 덕분에 새벽 산행은 나의 아침 루틴으로 굳어지고 있었다. 한데도 이상하게 집에 돌아오면 무언가 부족하다는 느낌이었다. 만 보에 가까운 걸음이었으니 유산소운동으로는 충분했다. 문제는 근력운동에 있었다. 좀체 탄탄해지지 않는 상체의 근육들. 처진 가슴살과 볼록한 배, 그리고 파도처럼 출렁이는 허릿살은 저승까지 갖고 갈 의향이 없다면 의사의 말마따나 제거해야 할 지방 덩어리에 불과했다. 그런데 문제는 그게 걷기 운동만으로는 없어지지 않는다는 거였다. 어디선가 읽은 적이 있다. 우리가 짓는 표정도 얼굴의 근육이 만든 결과라는 것을. 그러니 근력을 키우는 일도 몸의 표정을 만드는 일이 아니겠는가. 해서 어느 날, 나는 정해진 루트를 벗어나 중산간에 있는 약수터 쪽으로 걸음을 꺾고 말았다. 거기 운동기구들이 놓여 있다는 걸 알고 있었으므로.

계단을 몇 걸음 오르니 입간판이 먼저 나를 맞았다. 고산 약수터라? 고산이라면 조선 중기에 연시조 「어부사시사」를 쓴 윤선도의 호이지 않은가. 그 양반이 보길도도 아닌 이곳까지 걸음을 하지 않았을 테고, 그럼 '외로울 孤'가 아닌 '높을 高'의 고산인가. 그때 눈을 파고드는 글자가 또 있었으니, 그게 바로 '수질 검사 적합'이라는 여섯 자였다. 말인즉 이곳의 수질을 구청에서도 보증한다는 뜻이니 어찌 물맛을 보지 않으랴. 비치된 스테인리스 컵으로 떠서 먹어보니 흐음, 소리가 터지고 절로 고개가 끄덕여진다. 당감동이라는 지명도 '감로수가 나는 당집'에서 유래했다니 그게 구전설화만은 아닌 모양이다. 나는 충분히 목을 축인 뒤, 고개를 들어 약수터 주변을 일별했다. 그다지 크지도 않은 아담한 공간, 거기에 스며들어 있는 호젓한 고요. 여기에 그토록 내가 원하던 역기까지 구비하고 있다니.

나는 '역도'라는 말보다는 '역기'라는 말을 선호한다. 그깟 바벨을 들어 올리는 것을 갖고 무슨 도 닦는 것으로 봐야 하나 싶어서. 그렇다고 '도'를 붙인 이유를 이해 못 할 바도 아니다. 역기야말로 다른 스포츠와 달리 자기 자신과 겨루는 경기이기도 하니까. 내가 들 수 있는 만큼만 들면 그것으로 깨끗하게 승부를 결정짓는 스포츠 중의 스포츠. 그러니 이를 역'도'라고 부른들 어떠랴. 나는 천천히 역기 앞으로 다가갔다. 그러고는 벤치프레스 위에 몸을 누인 뒤, 양손으로 바벨의 봉을 감싸줘었다. 봉의 굵기가 적당해 그립감이 나쁘지 않았다. 흐어압! 단전에 힘을 모아 허공으로 바벨을 들어 올렸다. 하중을 주지 않는 맞춤한 바벨의 무게. 애진봉 능선에 놓인 약수터의 여러 역기를 들어봤지만, 이것처럼 내 어깨를 편안하게 하는 것은 없었다. 이 정도면 매일 들어도 부담이 없겠는걸? 그래서 결심했다, 이곳을 나만의 헬스장으로 삼기로.

하지만 이미 이곳을 헬스장처럼 삼고 있는 이가 있었으니, 그가 바로 황 노인이었다. 황 노인은 신선처럼 움직임 자체가 고요한 양반이었다. 여든셋이라는 나이 탓인지, 아니면 부러 발뒤꿈치를 들고 까치걸음하듯 걸어서 그런지, 언행이 너무 고요해서 말도 쉬 붙이기 힘들 정도였다. 그 바람에 노인과 매일 아침 만났어도 말 한마디를 섞지 않고 헤어지는 때도 있었다. 노인의 사뿐사뿐한 걸음은 그의 운동법에서 기인한 듯했다. 우선, 황 노인이 약수터에 도착하면 제일 먼저 가래나무로 다가가 애인 안듯 살며시 둥치를 끌어안는다. 그런 다음 발뒤꿈치를 들어 올렸다가 내리기를 반복한다. 그렇게 발뒤꿈치를 세우기를 무한 반복하다가 지겹다 싶으면 '양팔 줄 당기기'를 통해 팔근육을 푼다.

그러다가 다시 쪼르르 가래나무로 달려가 이전 동작을 반복하는 것이다. 그러니 처음 노인을 봤을 때, 성도착증 환자로 오해할 수밖에.

가래나무 운동법을 시전하던 노인이 어느 날, 내게 말을 걸어 왔다. 정확히 말해 나를 나직이 불렀다. 이리 와서 차나 한잔합시다. 그 소리가 하도 고요해서 처음엔 알아듣지 못했다. 이리 와서 차 한잔하자니까요. 그제야 나는 노인의 말을 알아채고 대답했다. 아닙니다, 괘념치 말고 그냥 드십시오. 호의를 사양한 것은 노구의 몸에 생강차를 보온병에 담아 오는 수고로움을 알기 때문이었다. 괜히 폐를 끼치고 싶지 않았다. 이제는 모르는 사이도 아니니 그냥 이리 오시우. 괜찮습니다, 제가 몸이 좋지 않아 아직 아무 음식이나 먹을 계제가 아닙니다. 알아요, 좋지 않은 게 아니라 매우 많이 아팠다는 것을. 예? 나도 모르게 눈이 커졌다. 노인이 다시 말을 이었다. 누워 역기를 들 때 살짝 들린 상의 속의 켈로이드를 봤소. 나도 모르게 재빨리 상의 자락을 잡아챘다. 개복수술을 크게 했더군요, 그런 수술은 겪어본 사람만이 그 고통을 알지요. 그리고 나긋나긋 들려준 자신이 죽다가 살아난 이야기, 지금도 살기 위해 아등바등하는 얘기에, 나의 마음이 저절로 열렸다. 황 노인의 독특한 운동법이 전립선암 때문이었다니. 그러니까 이 독특한 '가래나무 운동법'은 황 노인만의 암 치료법인 셈이었다.

생강차 덕분에 나도 황 노인과 나눠 먹을 과일을 챙기기 시작했다. 그렇게 노인과의 교제가 무르익는 사이에 추위의 기세도 한풀 꺾이고 있었다. 그리고 무뚝뚝하게 서 있던 가래나무조차 우리 얘기를 듣고 싶은지 귀를 닮은 새잎을 디밀기 시작했다. 봄기운이 감돌자, 산을 찾는 이의 걸음도 눈에 띄게 많아졌다. 약수터에도 많은 이들이 오갔지만 정 씨 외에는 우리 두 사람에게 관심을 가지는 이는 없었다. 정 씨는 천성적으로 운동을 좋아했다. 산에 왔으면 정상까지 올라야 직성이 풀린다고 할 정도이니 운동 마니아라고나 할까. 정 씨는 약수터에 들를 때마다 내게 올바른 운동기구 사용법을 알려주기도 했다. 특히 역기를 들 때의 호흡법과 오른쪽 어깨가 덜 올라온다는 지적까지. 헬스장 스펙이 장구한 정 씨의 조언이 아니었다면 아마 그게 수술로 인한 후유증이란 것도 모르고 있었을 것이다. 그러니 발 탄 강아지같이 부지런해 한곳에 오래 머물지 않는 게 아쉬울 정도였다.

그것만 빼면 꼭 묵은지처럼 사람을 은근히 끌어당기는 매력을 가진 이가 정 씨였다.

  나이 들면 약속 없이 만나지는 곳이 산 아니면 병원이라고 했던가. 약속하지 않았는데도 산에 오르니 만나는 인연까지 하나둘 생겨나고 있었다. 이런 것도 산행의 묘미인가. 그러던 어느 날이었을 것이다. 봄 가뭄에 시달리던 산에 빗방울이 우르르 찾아왔다. 그 바람에 진달래꽃을 보러 산을 찾던 사람들마저 발길이 뚝 끊기고 말았다. 인적 끊긴 이런 날에는 길바닥의 잔돌도 차분하게 제자리를 잡고 앉아 쉰다. 그래서 길은 더 고즈넉하고 호젓해진다. 나는 이런 길이 좋아 부러 우중 산행을 자청하고는 한다. 그날도 그랬다. 황 노인도, 가끔 나타나는 정 씨도 없는 약수터 벤치에 혼자 앉아 안개처럼 가라앉은 고요와 마주하고 있었다. 그때, 고요를 뚫고 무언가 쿵, 하는 요란한 소리가 일었다. 땅풀림 무렵이라 산이 쥐고 있던 돌덩이 하나를 놓쳐버렸나? 그런데 이게 무슨 일인가. 돌덩이가 눈이라도 달린 것처럼 나를 향해 사정없이 달려오는 것이 아닌가. 어어? 나도 모르게 입에서 비명이 터졌다. 재빠르게 굴러오던 돌덩이는 다행히 나를 비껴갔다. 겨우 놀란 가슴을 달래며 능선 쪽으로 고개를 돌리니 거기에 웬 시커먼 사내 하나가 서 있는 게 아닌가. 내가 저승사자를 본 건가. 날씨 탓에 사위가 어둑해 그런 것인지, 아니면 사내가 입은 옷이 검어서 그런지, 사람 없이 그림자만 나를 지켜보고 서 있는 것 같았다.

약수터 위쪽의 언덕배기는 돌벼랑이라 사람의 접근이 쉽지 않다. 그랬으니 거기 사람이 있을 거라고는 생각지 못했다. 그런데도 그 양반은 놀란 내 표정에도 아랑곳없이 약수대 쪽으로 성큼성큼 걸어갔다. 그러고는 비치된 컵을 거머쥐고는 약수를 벌컥벌컥 들이켰다. 이어서 캬아, 소리를 낸다 싶더니 이내 돌아서서 약수터를 횅하니 빠져나가 버렸다. 여명의 시각에 인적 드문 산중에서 사람을 놀라게 했으면 미안하다고 사과하는 게 도리이지 않은가. 그런데도 '생까듯이' 몸을 돌려 내빼버리니 어이없을 수밖에.

얼핏 본 사내의 모습이 지워지지 않았다. 강마른 몸피에 날카로운 눈매가 인상적이었던 사내. 사내는 무슨 일로 저 언덕배기까지 올라간 것일까. 혹여 산나물이라도 찾으러 간 것일까. 산나물을 채취하기 위해서

라면 시기가 아직 이르지 않은가. 더군다나 이곳은 응달이라 추위가 선득할 정도로 남아 있는 곳이다. 그렇다면 혹시? 그럴 수도 있었다. 산을 오르다가 보면 예기치 않게 밀려오는 배변감 때문에 숲속으로 내달릴 때도 있으니까. 얼마 전에도 약수터에서 황당한 일을 겪지 않았나. 으슥한 약수터 구석에 모시듯이 볼일을 끝내고 떠난 '그분' 때문에 황금색 이물질을 치우느라 난리를 쳤던 일. 황 노인의 말에 따르면, 약수터가 하필 나무들 사이에 파묻혀 있어 엉덩이 까고 앉기에는 더없이 맞춤한 장소라, 수시로 대변 치우는 봉사활동이 펼쳐진다고 했던가. 그래도 그렇지 사람이 돌덩이에 다칠 뻔했는데도 사과 한마디 없이 내빼다니.

첫 남성이라고요? 황 노인을 향해 되묻지 않을 수 없었다. 동성애자도 아닌 내게 웬 첫 남성을 들먹이나 싶어서. 그랬더니 황 노인이 다시 말을 이었다. '첫 남성'이 아니고 '천남성'이라오. 그제야 나는 아하, 독초 천남성? 하며 맞장구를 쳤다. 푸른색 꽃이 지고 나면 옥수수처럼 생긴 열매가 달리고 그게 익으면 선홍빛으로 변한다는 천남성. 그 열매가 얼마나 곱고 탐스러운지 뭣 모르고 먹었다가는 무수히 많은 바늘로 혀를 찌르는 듯한 고통을 겪게 되며, 많이 먹을 경우 목숨까지 잃기도 한단다. 그런 연유로 예부터 사약의 재료로 쓰였는데, 희빈 장씨가 마신 독약도 천남성이라 했다. 그런데 그런 독초가 이곳 일대에서 무더기로 자생한다고? 혹시 싶어 다시 노인에게 물었다. 설마 어린 천남성을 나물로 먹는 건 아니겠죠? 당연히 안 되고말고. 그렇다면 남자는 왜 그곳에 간 것일까. 혹시 사내는 죽음을 생각하고 있었던 걸까.

꽁지머리를 한 양반이었소? 고개를 갸웃거리던 황 노인이 내게 물었다. 모자를 쓰고 있어서 그건 잘 모르겠습니다만, 강마른 몸피의 사내인 건 분명합니다. 그러면 산삼 찾은 꽁지머리 김 씨인 듯하네만. 산삼 '찾는'이 아니라 '찾은' 김 씨? 이게 무슨 말인가. 이어지는 황 노인의 말은 황당, 그 자체였다. 아니, 여기가 강원도 심산유곡도 아니고 도시 근교의 코딱지만 한 야산에 불과한데, 이런 데서 산삼을 두 뿌리나 캤다고? 그냥 듣고 있을 수 없어 따지듯 묻고 나섰다. 그러자 노인이 언성을 높이며 말했다. 그러면 이 늙은이가 주책없이 이야기를 지어냈단 말이오? 이어진 황 노인의 말은 더 가관이었다. 물론 그건 산삼이라기보다는 산

양삼 5년근 정도였지만, 어쨌든 그 실물을 이곳 약수터에서 내 눈으로 똑똑히 보았다오.

나도 신문에서 읽은 적이 있다. 금정산 일대에 산림청 헬기를 이용해 인삼씨를 뿌렸다는, 뭐 그런 기사였을 것이다. 명분이야 유용한 산림자원의 확대 차원이라고 했지만, 시민들은 기후 조건도 맞지 않은 이곳에 인삼 씨를 뿌리는 자체가 이벤트성이 강하다며 시정을 비웃었다. 그랬는데 그렇게 뿌린 씨가 정말 싹이 나기도 했나 보다. 한데, 운 좋은 양반이 하필 이 골짜기에 있었다? 그리고 그 행운의 사나이가 그때의 삼 맛을 잊지 못해 산을 휘젓고 다니다가 나와 딱, 마주쳤다? 그것도 마치 나의 첫 남성이 되려는 것처럼 딱? 생각만 해도 우스웠다. 숲속의 멧비둘기도 그런 상황이 웃긴다는 듯 쿠우쿡, 쿡쿡, 소리를 냈다.

다음 날이었다. 그날은 병원 검진이 있어 산행을 조금 서둘렀다. 이른 시각에 도착해서 그런지 약수터에는 매일 출근 도장을 찍듯 오는 황 노인도 눈에 띄지 않았다. 덕분에 혼자 벤치를 차지하고 앉아 '숲멍을 때릴' 수 있었다. 그때였다. 난데없는 소리가 귀청을 때렸다. 분명히 위쪽 산 중턱에서 나는 소리였다. 하지만 어제처럼 돌멩이 굴러 내려오는 소리는 아니었다. 양귀를 곤두세웠다. 턱턱거리는 소리로 보아 괭이로 땅을 파는 것 같았다. 혹시 어제의 첫 남성, 그 양반이 또 산삼이라도 발견했나? 아니지, 산삼을 저리 무지막지하게 캐진 않을 테고, 그러면 땅속의 칡뿌리라도 파나? 작업은 한동안 이어지는 듯했다. 올라가서 대체 무엇을 하는지, 그 양반이 맞는지 확인하고 싶었지만 그러기에는 시간이 촉급했다. 병원 예약 시간에 맞추려면 서둘러야 했던 것이다.

인적 끊긴 산속에서 공으로 듣는 새들의 노랫소리. 쯔윗, 쯔윗, 나를 기다렸다는 듯 다가와 울어주는 딱새, 그리고 오늘도 웃으며 보내라고 아침마다 울어주는 검은등뻐꾸기의 호호, 호호, 소리는 매일 들어도 절창 그 자체였다. 그러니 어찌 이를 한 첩의 보약에 비기지 않을 수 있으랴. 아마 그런 연유로 나는 새벽 산행을 그만두지 못하는지도 모른다. 다행히 병원에서는 걱정할 정도의 수치는 아니라고 했다. 덕분에 산을 오르는 발걸음이 가벼웠다.

약수터에 도착했을 때는 황 노인이 혼자서 운동 중이었다. 변함없이 가래나무를 끌어안고 발뒤꿈치를 들어 올렸다가 내리기를 반복하면서. 노인을 보자마자 다가가 묻고 나섰다. 영감님, 혹시 약수터 위쪽에 뭐가 있는지 아십니까? 그러자 황 노인은 내가 턱짓하는 쪽으로 고개를 돌리며 되물었다. 저 위쪽? 거기에는 아무것도 없는데? 그런데 뭘 하는지 저기서 괭이 소리 비슷한 소리가 오래 났는걸요. 그럴 리가 있나. 황 노인은 무언가 생각하는 듯 한동안 머리를 궁굴렸다. 그러더니 이윽고 입을 열었다. 아, 그러고 보니 예전에 쓰던 약수터 수원이 있소. 원래 약수원이 저 위쪽에 있었다고요? 그렇소. 황 노인의 말에 따르면 약수원은 폭우에 휩쓸린 후 자연스레 버려졌다고 했다. 그렇다면 올라가봤자 아무 쓸모가 없다는 건데 누가 올라가서 괭이질한다는 말인가. 은근히 한번 올라가고 싶은 충동이 일었다.

그때였다. 약수터 위쪽 능선에서 또 돌 굴러내리는 소리가 났다. 고개를 들어 보니 웬 남정네 하나가 굴러떨어지듯 내려오고 있었다. 며칠 전 그 사내였다. 아니, 이게 누구요? 황 노인이 남자에게 먼저 아는체했다. 그러자 남자가 대꾸했다. 오랜만이네요, 영감. 목소리가 쇳소리처럼 카랑카랑했다. 나이도 그다지 많지 않아 보이는 양반이 여든셋의 어르신한테 반말투 짓거리라니. 언짢았지만 남자의 행티를 지켜보기로 했다. 사내는 무슨 작업을 하다가 내려오는 길인지 옷에는 흙이 잔뜩 묻어 있었다. 내가 목소리를 낮춰 황 노인에게 물었다. 저 양반을 아십니까? 예, 종종 맞닥뜨려지곤 했으니 전혀 모르는 사람은 아니지요. 근데 늘 부부가 함께였는데 오늘은 혼자네요. 부부간에 같이 산행을 다녔다고요? 부인이 병약해 보이긴 했어도 금슬만큼은 좋아 보입디다. 노인이 그런 게 부러웠다는 표정까지 지어 보였다. 나이 들면 안 좋던 부부 사이도 좋아진다고들 하던데 영감님 내외는 안 그러신 모양이죠? 잠시 노인은 뜸을 들이더니 다시 말을 이었다. 서로 사는 세상이 다른 데 좋아질 건 또 뭐 있겠소? 노인의 말은 뜻밖이었다. 그러면 혹시? 몇 년 전에 떠났지요, 아파서. 죄송합니다, 괜한 것을 물었네요. 괜찮아요, 아무튼 안 보이던 양반까지 나타난 걸 보니 봄은 봄인가 보우. 그럼, 혹시 저 양반이 산삼을 캤다던 김 씨인가요? 황 노인이 고개를 끄덕였다. 근데 머리 꼴이 꽁지머리가 아닌데요? 아, 그거야 잘랐으니 당연한 거 아니겠소?

 언제부터인가 새벽 산행의 이유가 달라졌다. 그건 바로 인적이 드문 고산 약수터에 앉아 마음을 풀어놓고 쉴 수 있는 고즈넉함 때문이었다. 질병은 노크도 없이 찾아오는 법이라 했던가. 느닷없이 찾아온 병마로 인해 우울했다. 이런 몸으로 살면 뭐 하나 싶었고, 잘 살아갈 자신도 없었다. 그런 우울을 걷어내게 해준 것이 산행이었다. 그러니 산을 걷는 것은 삶의 의지를 회복하는 충만한 여정이었던 셈이다. 하지만 내가 만끽하던 '고요 속의 충만'은 꽁지머리로 인해, 아니 꽁지로 인해 무너지고 있었다. 꽁지는 매일 약수터 주변을 배회했다. 어떤 날에는 흙이 묻은 채로 약수터를 찾아왔고, 어떤 날에는 배낭에 봄나물을 가득 채워 산을 내려오기도 했다. 그런 그가 언제부터인가 우리가 오기만을 기다린 것처럼 나타나기 시작했다. 그러니까 그게 우리 두 사람으로부터 생강차와 사과를 얻어먹은 뒤부터였을 것이다.

 꽁지 그 양반, 좀 이상하지 않습니까? 어느 날, 내가 황 노인에게 물었다. 어떤 점이 그렇다는 말이오? 사람이 너무 자기중심적인 것 같아서 하는 말입니다. 황 노인이 내 말의 의도를 간파하지 못했는지 두 눈을 끔벅이기만 했다. 사람이 다칠 뻔했으면 사과도 할 줄 알고, 음식을 얻어먹으면 고맙다는 말도 할 수 있어야 하는 거 아닙니까? 다치지 않았으니 그냥 잊어버리시우, 가슴에 새기고 있으면 그게 병이 된답니다. 좋습니다, 놀란 거야 그렇다 칩시다. 하지만 남이 주는 거 날름 받아먹기만 한 게 얼마나 됐어요? 제 사과 얻어먹은 것만 해도 벌써 한 상자는 될걸요? 내 사과를 먹고 고맙다는 말을 하지 않는 거야 그렇다손 쳐도, 황 노인의 생강차는 아주 특별한 차이지 않은가. 꽁지에게 건네는 생강차 한 잔에도 노인의 땀과 거친 호흡이 깃들어 있다는 생각을 왜 못 하느냐, 이 말이다. 하지만 노인의 대답은 뜻밖이었다. 줬으니 받겠다는 마음으로 준 건 아니오, 절 모르고 시주도 한다고도 했으니 그냥 그러려니 합시다. 영감님, 그래도 사람이 양심이 있다면 사탕 쪼가리 하나라도 건넬 줄 알아야지요, 만날 맨입으로 와서 얻어먹기만 하면 되겠습니까? 좋은 곳에 왔으니 좋은 마음으로 갑시다, 그러면 사람도 좋아지는 법입니다. 내가 산중에서 영감 탈을 쓴 부처를 만난 것인가. 황 노인을 다시 보지 않을 수 없었다. 그러고 보니 황 노인은 부처와 예수의 얼굴을 합쳐놓은 것도 같았다.

황 노인의 후덕한 마음 때문일까. 언제부터인가 꽁지는 약수터의 운동기구 주변을 맴돌았다. 그러더니 운동을 시작했다. 자연스레 약수터에 머무는 시간이 길어지고 있었다. 그런 어느 날 새벽이었을 것이다. 한밤중에 한소끔 비가 그었는지 약수터에 도착해 보니 벤치며 운동기구들이 죄다 젖어 있었다. 비가 오면 으레 먼저 온 사람이 운동기구나 벤치에 묻어 있는 물기를 닦는 게 매너다. 한데 제일 먼저 온 꽁지는 물기를 제거하기는커녕 가래나무 아래에 서서 핸드폰만 들여다보고 있는 게 아닌가. 벤치가 놓인 그곳은 가래나무에, 소나무 두 그루까지 사이좋게 붙어 서 있어서 햇빛이나 비를 피하는 명소였다. 그러다 보니 비에 젖지 않도록 공용 사물함도 거기 있었고, 청소용 수건도 거기 걸어두고는 했다. 꽁지가 마음만 먹는다면 얼마든지 수건을 떼서 물기를 훔칠 수 있었다. 그런데도 꽁지는 벤치조차도 닦을 생각 없이 우두커니 서 있는 게 아닌가. 그런 꽁지가 내가 나타나자 슬며시 수건을 거머쥐더니 벤치를 닦기 시작했다. 마치 착한 자신을 잘 보라는 듯이. 한데 이건 또 뭔가. 자기가 앉을 자리만 닦고는 끝이었다. 어이가 없었다. 이왕 닦으실 거면 남도 앉아 쉬게 다 닦는 게 에티켓 아닐까요? 꽁지가 방치한 수건을 집으며 내가 한마디 했다. 그러자 나를 흘겨보더니 횡하니 약수터를 나가버리는 것이었다. 꼴에 기분 나쁘다는 거였다.

 더 가관인 것은 다음 날이었다. 수건이 보이지 않아 주위를 둘러보니 약수터 기슭 아래에 떨어져 뒹굴고 있는 게 아닌가. 바람에 의해 날아갔다기에는 비행 거리가 멀어도 너무 멀었다. 무슨 동력선도 아니고 수건이 스스로 날아가는 이적을 행하셨다? 그걸 믿을 사람이 누가 있을까. 그래서 확신했다. 부러 나를 골탕 먹이러 이런 짓을 했다고. 꽁지가 나타나면 따질 작정이었다. 하지만 꽁지는 그날따라 약수터에 나타나지 않았다. 나는 속으로 빌었다. 차라리 잘 되었다고, 제발이지 이제는 영영 나타나지 말아 달라고. 하지만 신은 내 편이 아니었다. 다음 날, 꽁지는 여지없이 약수터에 나타났으니까.

 꽁지는 나의 운동 패턴을 꿰고 있었다. 그렇지 않았

다면 내가 약수터 입구 계단에 나타나기 무섭게 종종걸음으로 달려가 벤치프레스에 눕지 않았을 것이다. 얄미웠지만 모르는 척했다. 역기 바벨을 어느 정도 들어 올리고 나면 다른 운동기구 쪽으로 이동하겠지 싶어서. 하지만 꽁지의 운동은 쉽사리 끝나지 않았다. 바벨을 30회씩 삼 세트를 끝내고도 그대로 누워 하반신 들어올리기, 누워서 다리 찢기, 허리 비틀기, 없는 운동까지 만들어가며 역기를 떠나지 않았다. 슬슬 오기가 생겼다. 그때 경사지 아래에 떨어져 있는 수건이 보였다. 어제 깨끗이 씻어 말려놓은 수건이 왜 저기에 있는 거지? 고개를 돌려 꽁지를 봤다. 꽁지는 곁눈으로 내 행동을 지켜보고 있었는지 재빨리 고개를 돌렸다.

수건을 줍고 보니 이건 수건이 아니었다. 무엇을 닦았는지 흙뿐만 아니라 정체불명의 이물질까지 잔뜩 묻어 있었다. 역한 냄새도 풍겼다. 이 상태라면 씻어봤자 걸레로 쓰기에도 적합하지 않을 것 같았다. 꽁지는 알고 있었나, 내가 가져온 수건이라는 것을? 수건에는 나의 '퇴직 기념'이란 글자와 날짜까지 선명하게 남아 있었다. 수건 꼴이 형편없었지만 이대로 버리고 싶지 않았다. 깨끗하게 수건을 다시 빨았다. 그런 와중에도 꽁지는 황 노인이 건넨 생강차 잔을 들고 나더러 보란 듯이 깔깔거렸다. 저 밉상 똥덩어리!

 꽁지는 운동도 특이하게 했다. 윗몸 일으키기를 할 때는 아홉 아홉, 하는 야릇한 신음을 끊임없이 쏟아냈다. 이상한 소리 좀 내지 말라고 눈을 흘겨도 개의치 않았다. 문제는 윗몸일으키기의 횟수였다. 목표한 횟수까지 반복적으로 신음을 뱉어내니 아둔한 사람마저 신경이 곤두설 수밖에. 곤두선 신경은 아령을 들 때에는 더 절정으로 치닫는다. 입에서 '쎅쎅거리는' 소리가 높고 빠르게 났기 때문이었다. 거 죄송한데 소리 좀 작게 내면 안 되겠습니까? 윗몸일으키기야 고정된 상태이니 어쩔 수 없다지만, 아령의 경우에는 다른 사람을 배려해 멀찍이 떨어져 운동해도 되잖은가. 그런데도 역기 바로 옆에 서서 야릇한 소리를 내대니 부아가 솟구칠 수밖에. 거참, 희한한 양반이네. 이 정도면 닿지도 않잖아요? 더군다나 내가 먼저 자리 잡고 운동 중이었고? 괜히 시비조로 나오니 나로서는 더 기가 찰 뿐이었다.

 때아닌 빌런의 출현으로 인해 고산 약수터에 오는

것을 포기하려 했다. 하지만 곰곰이 생각하니 부아가 났다. 내가 무슨 잘못이 있다고 나만의 고즈넉함을 포기한단 말인가. 해서 생각해 낸 묘안이 삼십 분 일찍 산에 오르는 거였다. 서로 마주치지 않는다면 신경을 곤두세울 필요도 없으니까. 꽁지는 그런 내 마음을 독심술로 읽어낸 것일까. 30분 일찍 약수터에 올랐는데도 먼저 와서 역기를 들고 있는 것이 아닌가. 그것도 매트를 두 장이나 벤치프레스 위에 깐 채로. 내가 매트 찾는 것을 알아챈 것일까. 아따, 나이 드니 궁둥이도 살이 빠져 툭하면 찰과상이네. 나더러 들으라는 듯 혼자 구시렁거리더니 슬그머니 일어섰다. 공용 물건을 혼자 독차지하는 건 좀 그렇지 않나요? 얘기했잖아요, 엉덩이 피부가 짓물러서 그랬다고. 꽁지의 말은 계속 이어졌다. 조금만 기다리면 될 건데, 그걸 못 기다려서 사람을 열받게 하네. 어이가 없었다. 방귀 뀐 사람이 되레 큰소리라더니 적반하장도 유분수였다. 꽁지는 가방을 챙겨 뒤도 보지 않고 가버렸다. 마치 두 번 다시 안 볼 사람처럼.

제발 그랬으면 싶었다. 나야말로 이른 아침부터 되잖은 인간과 언쟁을 벌이고 싶지 않았으니까. 그래서 그날도 꽁지가 은근히 나타나지 않기를 기대하며 약수터로 향했다. 역시 기대대로 꽁지는 보이지 않았다. 대신 황 노인이 먼저 와 있었다. 황 노인은 내가 오기를 기다리고 있었다는 듯이 묻고 나섰다. 혹시, 여기 있던 컵 못 봤우? 스테인리스 컵 두 개가 다 없어졌는데? 컵이 다 없어졌다고요? 컵이 강풍에 날아갔다고 해도 그렇지, 흔적 없이 사라질 수 없는 거였다. 설마 그럴 리가요? 눈으로 보고도 믿을 수 없어 황 노인과 함께 약수터 주변을 다시 한번 살폈다. 그러던 중 나도 모르게 어엉? 하는 소리가 입에서 터지고 말았다. 벤치 아래 넣어두던 매트 두 장도 보이지 않았다. 매트도 없어졌는데요? 요가용 매트도 아닌 허접한 매트가 사라진 게 어이없는지 황 노인도 덩달아 허탈한 웃음을 지었다.

그날, 나는 매트도 없이 윗몸일으키기를 해야 했고, 그로 인해 엉덩이 피부가 벗겨지는 찰과상을 입어야만 했다. 그리고 며칠 동안 따가운 통증을 느끼며 고통스러운 생활을 영위해야 했다. 약수터의 비품이 사라지는 일은 흔하디흔한 일이다. 딱히 잠금장치를 갖춘 사물함에 넣어두는 것도 아니니 남의 손을 탈 수밖에 없다. 하지만 없어지는 건 대개 깜빡하고 챙기지 못한 등

산용 장갑이나 모자 따위이지, 운동용 매트나 약수 컵 따위가 아니었다. 그런데 꽁지가 나타난 이후 비품함 안에 둔 대빗자루도 사라지고, 잡초 제거용 호미나 낫까지 없어졌다. 이 모든 일이 꽁지가 나타난 이후 벌어진 일이었다.

 꽁지의 소행이 확실합니다, 영감님. 나의 합리적 확신을 황 노인에게 피력했다. 설마, 자기도 운동하는 곳인데 그런 일까지 했을 리 있겠소? 멀쩡하게 잘 있던 물건들이 없어지기 시작한 게 언제부터인지 생각해 보십시오, 꽁지가 나타나기 전에는 이런 일이 없었잖습니까? 그렇지요, 그런데 쓸모가 없는 걸 꽁지가 왜 가져갔단 거요? 황 노인이 나를 향해 되물었다. 쓸모가 있으니까 가져갔겠지요, 저 산 중턱에요. 황 노인이 두 눈을 치뜨며 되물었다. 산 중턱에? 가지고 가서 뭘 하려고? 이유가 많죠, 이를테면 쪼르륵거리며 흐르는 물을 푸려고 해도 컵이 필요할 것이며, 일하다가 쉬려면 맨땅보다는 매트 위가 더 편할 수 있겠죠. 그제야 황 노인도 고개를 주억였다. 이제 할 일은 올라가서 현장을 확인하는 것뿐입니다, 영감님. 황 노인을 부추겼다. 잠시 고민하는 듯하더니 영감이 말했다. 알겠소, 그럼 한번 가봅시다.

 오래돼 금 간 항아리는 소금 단지로 쓸 수 있지만 늙어빠진 몸뚱어리는 아무짝에 쓸 데가 없다더니 그 말이 딱이구먼, 어휴. 황 영감이 거친 숨을 몰아쉬며 말했다. 돌이 많은 길이라 오르는 게 더 힘들었다. 두 사람이 겨우 오른 그곳은 별천지였다. 제법 넓게 일구어놓은 곳에는 돌덩이들이 탑을 이루었고, 약수원으로 보이는 곳은 웅덩이까지 파여 있었다. 웅덩이 옆에는 사라진 컵이며 호미, 낫도 보였다. 그리고 웅덩이 곁의 상수리나무 아래에는 매트가 깔려 있었다. 그 위에는 무슨 마음으로 캔 것인지 천남성 더미가 쌓여 있었고, 노끈 등속의 물건도 보였다. 뿐인가. 돌덩이를 치운 땅에는 무슨 씨를 파종했는지 싹마저 한창 돋아나는 중이었다.

 이건 완전한 불법 경작의 현장인데요? 내가 말했다. 그러니 말이오, 아래에서는 보이지 않으니 이런 일을 벌이는 걸 꿈에도 몰랐구려. 나는 주머니에 들어 있던 핸드폰을 꺼내 사진을 찍었다. 증거 확보 차원이었다. 그나저나 이걸 어쩌죠? 내 질문에 황 노인이 잠시 망설였다. 그러다가 천천히 입을 열었다. 그렇다고 우리가 망가뜨리긴 그렇지 않소? 하지만 이대로 놔둘 순 없는 거 아닙니까? 나중에 어떻게 하더라도 오늘은 일단 그대로 둡시다. 황 영감의 태도를 이해할 수 없었다. 나야말로 이번 기회에 꽁지의 버릇을 단단히 고쳐놓고 싶었다. 하지만 영감의 뜻을 무턱대고 거부할 수도 없었다. 노인은 걸어 다니는 도서관이라 했으니 나보다 지혜로울 수 있었으므로.

사흘 동안 약수터를 찾을 수 없었다. 치매로 고생하던 구순의 외삼촌이 돌아가시는 바람에 장례식에 참례해야 했기 때문이었다. 발인까지 보고 왔더니 몹시 피곤했다. 하필 예기치 못한 된더위가 몰려와 장지에서는 땀깨나 흘려야 했다. 여기에 기독교인이라 화장을 하지 않고 마을 공동묘지에 안장하는 통에 장례 절차마저도 번거롭고 길어 사람을 지치게 했다. 그 바람에 집으로 돌아오자마자 쓰러지고 말았다.

겨우 몸을 추슬러 산에 올랐더니, 약수터마저 초상집처럼 변해 있었다. 아니 이게 다 무슨 일이죠? 보는 그대로라오. 황 노인이 긴 숨을 내쉬며 말했다. 그런 다음에도 눈앞의 현실이 이해가 안 간다는 듯 황 노인은 고개를 절레절레 흔들었다. 나도 놀랐다. 세상에, 약수터를 에워싸고 있던 나무들이 강제 삭발을 당한 채 서 있다니. 이건 전정 작업의 수준을 넘어 도륙에 가까웠다. 핏방울만 없을 뿐이지 처참한 살해 현장이었다. 곧 있으면 꽃을 피울 벚나무며 때죽나무, 영산홍과 철쭉도 톱날을 피해 가지는 못했다. 뿐만 아니었다. 내가 애착하는 역기 바벨이 약수터 아래쪽 언덕배기에 아령과 함께 처박혀 있었다. 도대체 누가 이런 짓을 한 겁니까? 내가 물었다. 글쎄요, 본 사람이 없으니 알 수야 있겠소. 꽁지가 아니면 이런 짓을 할 사람은 없지요, 안 그렇습니까, 영감님? 황 노인의 입에서 아쉬운 탄식이 새어 나왔다.

생강 속의 성분이 항염 작용을 해 전립선염이나 전립선 세포를 보호한다고? 황 노인이 생강차를 고집하는 이유가 이거였나? 한데 그런 사실도 모르고 건네는 대로 넙죽넙죽 잘도 마셔댔으니, 여태껏 영감의 약을 뺏어 먹어 온 게 아닌가. 전립선에 좋다는 생강차를 영감 덕분에 나도 장복했으니 내 전립선도 좋아졌으려나? 황 영감은 오늘도 변함없이 내게 생강차를 디밀었다. 하지만 오늘은 왠지 독특하고 알싸한 그 맛이 아니었다. 되게 썼다. 이유가 언덕배기에 쌓여 있는 나무의 잔해 때문인지 모른다. 황 노인은 내가 없던 때에 벌어진 일을 천천히 이야기하기 시작했다.

발단은 예기치 않은 단속반의 출현이었다. 구청에서 봄철을 맞아 대대적인 불법 경작을 점검하러 나선 길이었다. 불법 경작이야 항공사진 한 장이면 금세 적발하는 세상이지 않은가. 그런 차에 버젓이 매트를 깔아 쉼터까지 만들어 놓았으니 그냥 좌시할 수 없었을 것이다. 불법 경작을 수년 동안 방치하면 점유지로 인정, 사유지로 바뀔 수 있다. 그러니 법적 다툼의 소지를 사전에 없애고, 산림도 보호하는 이중적 효과를 얻기 위해서도 단속은 불가피하다. 혹시 싫어 묻는 거지만, 당신이 신고한 건 아니지요? 제가 불법 경작 신고를 했다고요? 그러니까 내 말은, 꽁지가 이런 끔찍한 일을 자행한 건 신고에 대한 보복 같다는 생각이 들어서 하는 말이라오. 그렇다고 저를 신고범으로 의심하다니요? 안 했으면 됐소만. 난감했다. 하필 삼촌의 장례식 참례가 오해의 빌미가 될 줄이야.

약수터는 순식간에 사건 현장이 되고 말았다. 구청의 유관 부서 공무원들이 몰려와 현장 사진을 찍고 경찰들까지 달려와 탐문수사에 나서기도 했다. 나도 얼떨결에 수사선상에 올라 참고인 조사를 받았다. 하지만 당일 알리바이가 확인되면서 의심의 눈초리에서는 벗어날 수 있었다. 다만 황 노인은 몇 가지 확인할 사항이 있다며 경찰서에서 출석을 요구받았다. 그런 와중에도 범인으로 지목된 꽁지는 약수터에 얼굴을 내밀지 않았다. 아니, 나타날 수 없었을 것이다.

 사건이 일어난 며칠 뒤의 어느 토요일이었다. 주말을 맞아 출근길에서 벗어난 정 씨가 약수터를 찾았다. 정 씨는 경기침체의 여파로 다니던 건설회사가 문을 닫은 후, 실업급여를 받는 동안 산을 찾았었다. 그런 그가 재취업에 성공했고 멈췄던 출근을 시작하게 된 것이다. 그런 정 씨가 어디서 들었는지 저간의 약수터 사건을 훤히 꿰고 있었다. 그러면서 이곳 '다정당감'의 동네 토박이답게 그가 알고 있는 꽁지의 사연까지 덧붙였다.

 정 씨는 산행 중 우연히 꽁지와 길동무가 되었고 이

런저런 얘기 끝에 꽁지의 아내가 투병 중인 사실도 알게 되었다. 유방암 수술을 받고 완치 판정까지 받았지만, 재발했다고 했다. 이후 꽁지 부부는 함께 산을 올랐다. 물론 그 시간이 길지 않으리라는 건 두 사람 모두 알고 있었다. 부부가 산을 오르기 전, 꽁지는 평생 길렀던 꽁지머리를 잘랐다. 그게 아내의 소원이었기 때문이었다.

꽁지가 머리털에 집착하게 된 건 생모 때문이었다. 남편의 학대를 견디지 못한 생모가 가출하기 전, 어린 꽁지와 함께 들른 곳이 이발소였다. 이발이 끝나는 대로 데리러 올 테니 기다려. 하지만 온다던 엄마는 오지 않았다. 그날 이후, 꽁지는 집을 나간 엄마를 대신해 아버지한테 맞으며 살아야 했다. 그렇게 죽을 만큼 맞았지만, 이상하게 뼈는 굵어졌고 키가 자라났다. 그리고 고등학교에 들어갔다. 학교에서는 수시로 두발을 단속했다. 선생은 학생들의 두발이 조금만 길어도 바리캉을 가져다 댔다. 꽁지는 그게 아버지의 매보다 두렵고 무서웠다. 엄마가 떠올랐기 때문이다. 그랬기에 단속에 걸리지 않으려 애썼다. 그런 어느 날, 바리깡을 든 남자 선생이 그에게 다가왔다. 제 머리털에는 붉은 피가 흘러요! 그러니 제발 자르지 말아 주세요! 그래? 그러면 그걸 당장 확인해 봐야겠지? 선생은 해죽해죽 웃으며 그의 머리카락을 사정없이 잡아챘다. 그리고 잠시 뒤, 검붉은 핏물처럼 머리털이 한 올 한 올 땅으로 떨어졌다. 그걸 보자 꽁지의 눈이 회까닥 뒤집혔다. 이 씨발년이! 소리와 함께 선생이 목을 쥔 채 쓰러졌다. 목에는 바리깡의 예리한 날이 박혀 있었다. 그날 이후 꽁지는 두 번 다시 교복을 입지 않았다.

사람은 태어나는 순간 죽어가기 시작한다고 했다. 그런 사실이 슬퍼서 갓난아기도 태어나자마자 운다고 그랬지. 꽁지가 아내와 함께 산을 찾던 어느 날, 벤치에 앉은 아내가 소리 없이 울며 말했다. 죽어서도 당신을 지켜보고 있을 거니까 저승에서는 절대 꽁지머리는 하지 말라고. 꽁지는 그때 자신을 바라보던 아내의 그 원망 어린 눈빛을 잊을 수가 없었다. 아내가 죽자, 꽁지는 집에 내려다보이는 이곳 언덕에 아내의 뼛가루를 묻었다. 그리고 뿌린 자리에 돌탑을 쌓았다.

정 씨의 얘기를 듣고 있자니 아내 생각이 났다. 나는 아내를 위해 무엇을 했나. 의식을 잃고 쓰러졌을 때,

아내가 아니었으면 나는 어찌 되었을까. 지금 나를 살아 있도록 만든 기적은 누가 만들었을까. 어찌 보면 의사가 아니라 아내일 수 있지 않은가. 생각이 자꾸 깊어지고 있었다. 꽁지도 이 자리에 앉아서 그런 생각들을 했을까. 그나저나 아내를 몰래 묻었으면 됐지, 밭은 왜 만들었답니까? 처음엔 밭을 만들 생각이 없었대요. 그냥 캐 온 천남성이나 먹고 죽을 생각만 했다더군요. 근데 죽으려고 올 때마다 사람이 나타나 방해하더랍니다. 더군다나 사람들이 자꾸 죽다가 살아난 이야기만 해대니 화가 났고요. 그래서 나무를 저 지경으로 만들었다는 겁니까, 그런 사람이 또 씨는 왜 뿌렸답니까? 글쎄 그런 마음을 난들 어찌 알겠어요, 아마 그건 꽁지 자신도 알지 못할지 모르지요? 정 씨의 말에 생각이 깊어졌다. 그러니까 정 씨의 말은 이런 모순을 가진 것이 곧 인간의 마음이라는 뜻인가. 나도 모르게 침을 꿀꺽 삼켰다. 정 씨의 말이 맞다면 꽁지는 아마 나와 황 노인이 주고받는 얘기를 들으며 갈등했을는지 모른다. 그런 갈등의 결과가 저렇게 파란 새싹으로 남았을 것이고. 어느새 산등성이는 돋아난 연초록 잎으로 무성했다. 그런 나뭇잎들 사이로 경찰서에 불려 갔다던 황 노인이 느릿느릿 올라오고 있었다.

밤은 언제 잠드나

이미욱

1

 적막한 밤을 두드린 것은 빛이었다. 달빛은 바위산에 내려앉아 기묘한 암석 기둥들을 고요히 감싸안았다. 오랜 시간, 불과 바람이 깎아낸 바위 형상들이 별빛에 맞닿을 듯 하늘을 향해 솟아 있었다. 드문드문 켜진 가로등은 굴곡진 골목 위에 사람들의 그림자를 드리웠다. 그 길을 걷는 발걸음마다 바스락거리는 모래 소리가 달라붙었다. 상점에 켜진 환한 조명 아래로 화려한 무늬의 세라믹 접시와 알록달록한 램프, 작고 낮은 차이 글라스, 기하학적 문양의 카펫 등 다채로운 공예품들이 저마다 매력을 뽐내며 눈길을 끌었다. 튀르키예의 괴레메는 일 년 전과 크게 달라진 것은 없었다. 하지만 이곳에 다시 찾아왔다는 사실만으로도 준희는 마음이 일렁였다. 동료들과 함께였을 땐 사진 한 장이라도 더 남기려 애썼다. 낯선 풍경 속에서 웃는 순간을 붙잡아 두고 싶었으니까. 이제는 감정보다 풍경이 오래 남았다. 바위 사이를 흘러가는 바람, 능선을 따라 멀어지는 구름, 창가에 머무는 햇살. 고요한 위로라는 게 이런 것일까. 마음에 스며드는 것들은 혼자일 때야 비로소 느낄 수 있었다. 그런 순간에 준희의 발목을 붙잡은 것은 바로 옆에 있는 나무 한 그루였다. 마른 가지마다 나뭇잎 대신 수십 개의 나자르 본주가 달려 있었다. 어두운 나뭇가지 사이로 비치는 빛 속에서 차가운 유리로 된 것들이 연한 바람에 반짝였다. 한발 다가서자, 둥근 파란색 안에 박힌 흰색과 검은색 동심원이 빛을 머금고 또렷하게 모습을 드러냈다. 마치 이방인을 알아보듯 한적한 밤을 가르며 가만히 준희를 응시하고 있었다. 눈앞이 점점 흐려지더니 시간이 멈춘 듯 고요해졌다. 그 순간 본능이 일깨운 날카롭고 매서운 눈빛이 떠올랐다.

"수업 중에 어딜 가니?"

준희는 단호한 목소리로 막아섰다.

"왜요? 허락 맡고 가야 해요? 수업 듣기 싫은 것도 학생 인권이에요."

무기력한 말투 속에 배어 나오는 냉소가 날카롭게 느껴졌다. 아이들의 시선이 일제히 한곳으로 쏠렸다.

"교실에서 나가려는 학생에게 이유를 묻고 지도하는 것도 교사의 권리야. 네가 인권을 생각한다면 말없이 나가는 게 아니라 불편한 점을 말할 수 있어야 해. 그러니까…."

퉤. 눅진한 침이 뺨을 때렸다. 순식간에 교실 안 공기가 얼어붙었다. 누군가의 탄식이 흘러나오자 아이들은 숨을 죽였다. 모두의 시선이 일제히 준희를 꿰뚫어 보듯 집중했다. 불안과 경계를 오가는 아이들의 시선 속에서 준희는 숨이 턱 막혔다. 몸은 굳은 듯 움직이지 않았다. 가슴 한가운데 모래 더미가 쌓인 듯 답답하고 무거운 감정이 내려앉았다. 말이 목구멍까지 차올랐지만 입술은 끝내 열리지 않았다. 무슨 말을 하든 그 말이 자신을 더 깊은 어둠 속으로 밀어 넣을 것만 같았다. 그 아이는 여전히 준희를 쳐다보고 있었다. 눈빛에는 죄책감도 망설임도 없었다. 그저 '어떻게 할 건데' 하고 묻는 듯한, 날 선 시선만이 준희를 짓눌렀다. 그러나 준희는 아무것도 할 수 없었다. 피부를 타고 스며든 침의 감각에 서서히 정신이 아득해졌다. 굳건히 버텨오던 마음이 빙산처럼 무너져 내렸다. 문을 박차고 나가는 아이의 발소리가 점점 멀어져 갔다. 준희는 그 끝자락에 손을 뻗을 수도, 마음을 덧댈 수도 없었다.

준희는 나자르 본주의 눈빛을 떨치려 해도 보이지 않는 밧줄에 묶인 듯 꼼짝할 수 없었다. 끝난 줄 알았던 마음이 흘러가고 있었다. 그 흐름 속에서 여전히 존재한다는 것을 느끼며 준희는 지그시 눈을 감았다. 끝났다고 믿었던 것들이 사실은 아무것도 끝나지 않은 채 흐르고 있었다. 끝과 시작은 구분할 수 없는 흐름 속의 한순간일 뿐이었다.

정적을 가르며 낮고 긴 오토바이 엔진 소리가 뒤편에서 울려 퍼졌다. 날 선 공기가 등을 스치자 준희는 반사적으로 몸을 움찔하며 고개를 돌렸다. 바로 그 순간, 목덜미를 스치는 서늘한 기운이 지나가더니 누군가 어깨에 멘 가방을 낚아챘다. 오토바이는 속도를 높이며 골목 끝을 휘돌아 사라졌다. 머릿속이 새하얘지고 얼굴이 벌겋게 달아올랐다. 손발은 제멋대로 떨려 왔고 치밀어 오르는 감정이 가슴을 조여왔다. 아찔한 기운이 밀려들자 눈앞이 흐릿해졌다.

"야!"

준희의 외마디가 폭발하듯 터져 나왔다. 공허하게

울리는 소리가 비명인지 누군가를 부른 건지 알 수 없었다.

"야, 이 개새끼야!"

평소 입에 담지 않던 말이 토하듯 쏟아졌다. 그러자 온몸에 저릿한 전류가 지나가더니 다리에 힘이 빠져 털썩 주저앉고 말았다. 세상에 혼자 남겨진 듯한 이질감에 준희는 정신이 멍해져 아무것도 할 수 없었다.

"아, 씨발놈들 부끄럽게."

모래바람처럼 거칠고 갈라진 목소리였다. 느닷없이 들려온 모국어에 준희는 눈이 휘둥그레져 고개를 급히 돌렸다. 각진 얼굴에 큰 코와 짙은 턱수염을 지닌 남자였다. 뜻밖에 마주한 낯선 얼굴을 보고 준희는 어안이 벙벙해져 말문이 막혀버렸다.

"다친 데는 없어요?"

이국적인 남자가 구사하는 한국어는 이상할 만큼 또렷하게 들렸다. 남자는 다가오지도 물러서지도 않으면서 담담한 목소리로 자신의 이름을 알리라고 했다. 준희는 잠시 망설이다가 고개를 작게 저으며 말했다.

"도와주세요."

2

 준희는 몸이 떨려 두 손을 움켜쥔 채 가죽 신발을 신은 알리를 따라갔다. 구불구불한 골목에서 준희의 이정표는 앞서가는 알리의 걸음뿐이었다. 경찰서로 데려다주겠다는 알리의 말에 준희는 고개를 끄덕일 수밖에 없었다. 다른 선택의 여지가 없었다. 경찰서를 향하는 발길이 유일한 길이라고 생각했다. 불안한 마음에 대사관으로 전화를 걸었지만 돌아온 건 메마른 신호음뿐이었다. 늦은 밤에 울리는 그 소리는 아무도 응답하지 않을 거라는 무언의 경고처럼 느껴졌다. 낮은 벽 너머 바위 집들은 어둠에 잠긴 채 윤곽을 드러냈다. 깜빡이는 가로등 아래, 알리가 내딛는 한걸음에 잠시 안도하다가 그다음 걸음에서 다시 경계심이 일어났다. 정말 그것이 도움의 손길인지 아니면 다른 의도를 숨기고 있는 건지 가늠할 수 없었다. 믿고 싶지도 감히 믿을 수도 없었다. 다만, 알리는 한국어문학과를 졸업했고 아내가 한국인이라는 말이 어딘가 모르게 준희의 마음을 붙들었다. 그들이 부부가 되기까지 어떤 이야기가 있었을지 궁금했지만 준희는 들을 만한 여력이 없었다. 그저 따라 걷는 것조차 벅찼다. 그런 사정을 눈치챈 듯 알리는 말 없이 걸음을 늦추고 거리를 두었다.

한참을 걷던 알리가 불쑥 걸음을 멈추고 뒤돌아섰다. 준희는 황급히 발을 멈추고 고개를 들었다. 준희의 표정에서 무엇을 읽었을까. 알리는 팔을 길게 내뻗었다. 손끝이 가리킨 곳은 바위 사이에 자리 잡은 경찰서였다. 그제야 준희가 길게 숨을 내뱉었다. 가슴 깊숙이 눌려 있던 답답함이 서서히 풀려나갔다.

경찰서 천장에는 빛바랜 형광등이 매달려 있었다. 오래된 페인트 냄새와 먼지 냄새가 뒤섞여 숨을 들이쉴 때마다 목 안쪽이 텁텁하고 마르는 듯했다. 알리는 서늘한 분위기에 주저하지 않고 베레모를 쓴 경찰에게 다가갔다. 맞은편에 있던 경찰들의 시선이 준희에게 쏠렸다. 준희는 그들의 냉담한 표정에서 자신의 처지를 알아챘다는 것을 직감했다. 알리는 베레모 쓴 경찰에게 받은 종이를 살펴보고서 준희에게 내밀었다.

"신고서예요. 여기에 국적, 이름, 전화번호, 여권 번호, 도난당한 물건을 적으세요."

준희는 신고서를 받아 들고 한참을 멍하니 있었다. 눈앞의 글자들이 잉크로 번진 물결처럼 흐릿하게 보였다. 무엇 하나 분명하지 않은 낯선 상황 속에서 볼펜 끝이 가늘게 떨렸다. 여태껏 질서의 중심에서 한 치도 벗어난 적이 없었다. 그런데 아무런 잘못도 없이 그것도 피해자가 되어 경찰서까지 오게 될 줄은 상상조차 못 했다. 더군다나 낯선 타국의 경찰서라니. 이해할 수 없는 말들이 들려오는 곳에서 준희는 뭔가 잘못되었다는 느낌에 사로잡혔다. 그 기분을 떨쳐내려 애썼지만 머릿속에 남아 있던 한 마디가 떠올랐다.

"다시는 이런 일이 발생하지 않도록 모든 노력을 다 하겠습니다."

교장은 엄숙하고 단호하게 말했다. 책임감이 묻어나는 어조였지만 그날의 사안은 형식적인 절차를 통해 처리될 것이라는 인상이 지워지지 않았다. 아이가 왜 그런 행동을 했는지, 자신이 왜 아무 말도 하지 못했는지, 누구도 묻지 않았다. 감정은 조용히 묻혀버렸다. 교실 안에 생긴 관계의 균열은 누구도 들여다보지 않았다. 모두가 알고 있었지만, 아무도 말하지 않았다. 정해진 절차에 따라 서류가 정리되자 아이는 다른 학교로 전학 갔다. 준희는 경찰에 고소하지 않기로 했다. 아이가 무너지는 걸 원하지 않는다고 스스로 다독였다. 하지만 정말 그게 이유인지 자신조차 확신할 수 없었다. 다시 교단에 설 수 있을지도.

준희는 많은 날을 침묵 속에서 건너왔다. 말은 닿지 않고 의미마저 허공에 스며 사라지는 순간 속에서 준희는 발아래를 내려다보았다. 시작과 끝을 가늠할 수 없는 경계 위에 서 있다는 막연한 감각이 마음을 짓눌렀다. 멈춰 있는 고요를 지나 그 너머 어딘가에 있을지도 모를 자유를 향해 나아가고 싶었다. 서로 닿지 않는 마음 사이를 스쳐 지나가는 바람 같은 무언가가 필요했다. 침묵의 굴레를 벗고 그저 바람에 몸을 맡긴 채 흘러가고 싶었다. 정해진 길 없이 바람 부는 대로 떠도는 열기구처럼. 그 열망 하나에 이끌려 무거운 마음을 안고 여기까지 왔다. 그런 마음마저 욕심이었을까.

"너무 걱정하지 말아요."

준희는 알리의 차분한 눈빛을 마주하며 가만히 서 있었다. 눈가가 뜨겁게 얼얼해져 고개를 떨구었다. 불현듯 두려움에 사로잡혀 알리의 진심을 놓친 것이 미안하게 느껴졌다.

시계 초침 소리에 마음이 조금씩 가라앉았다. 준희는 침착하게 신고서의 빈칸을 메워나갔다. 알리는 자리를 옮겨 어디론가 전화를 걸었다. 권총을 허리에 찬

경찰들이 출동 지시에 맞춰 일제히 문밖을 향해 빠르게 움직였다. 신고 확인 절차가 진행되자 알리의 얼굴에 감돌던 긴장이 서서히 풀려나갔다. 알리는 준희를 향해 상황이 잘 마무리되었다는 눈짓을 보냈다. 준희는 말없이 고개를 끄덕거렸다.

경찰서 문을 밀고 나오자 차가운 공기가 피부에 닿았다. 준희는 걸음을 멈추고 하늘을 올려다보았다. 밤하늘에 헤아릴 수 없는 별들이 각기 다른 세계를 품은 채 끝없이 펼쳐진 무한의 경계를 드러내고 있었다.

"고맙습니다. 연락처라도 알려주세요. 나중에 식사라도…."

준희는 말을 끝까지 잇지 못하고 입술을 다물었다. 작은 호의조차 선뜻 베풀지 못하는 자신이 초라하게 느껴졌다. 고마움보다 더 크게 자리한 건 보답하지 못하는 미안함이었다.

"난 지금 배가 고픈데 어쩌죠?"

알리는 주머니에 손을 찔러 넣고 진지한 표정으로 말했다. 예상치 못한 말에 준희는 멈칫했다. 진심인지 농담인지 확신이 서지 않았다. 준희의 마음은 고장 난 저울처럼 어디로 기울어야 할지 몰랐다. 알리의 얼굴에 쑥스러운 기색이 지나갔다.

"우리 집에 가요. 아내가 식사를 준비하고 있어요."

스스럼없는 환대에 준희는 어쩐지 마음이 복잡해졌다. 더는 빚진 기분을 느끼고 싶지 않아 단호하게 고개를 저었다. 꼬르륵. 분명한 소리가 준희의 뱃속에서 났다. 배고픈 사정이 숨김없이 드러나자 준희는 두 눈을 질끈 감았다.

"아, 이래서 사람이 솔직해야 하나 봐요."

알리는 눈을 가늘게 뜨고 말끝에 번지는 웃음을 머금었다.

3

거친 표면마다 세월의 흔적이 새겨진 돌담 너머로 석조 주택이 모습을 드러냈다. 창문 사이로 새어 나오는 은은한 불빛이 차가운 밤공기를 타고 번져나갔다. 알리가 사는 집은 모던한 분위기와 오래된 정취가 묘하게 어우러져 있었다. 겹겹이 쌓인 시간이 벽면 어딘가에 깊숙이 스며들어 차갑고도 따스한 기억을 품고 있는 듯했다. 현관문 옆 테라스에는 철제 의자와 작은 화분들이 가지런히 놓여 있었다.

"허니, 헤미!"

알리가 집 안으로 들어서자 준희도 뒤따라 문턱을 넘었다. 바닥에는 붉은색과 황갈색 빛깔이 어우러진 고풍스러운 카펫이 깔려 있었다. 정교한 문양이 얽힌 카펫을 디딜 때마다 발끝에 힘이 들어갔다. 벽장에 놓인 접시 하나가 시선을 끌어당겼다. 지중해 파도의 춤사위처럼 유려하게 퍼져나가는 푸른 곡선을 보고 있는데 혜미가 나타났다. 단정하게 묶은 머리와 니트가 어우러져 세련된 모습이었다.

"어서 들어오세요. 많이 힘들었을 텐데."

혜미가 다정하게 인사하자 준희는 어색한 미소를 지으며 살짝 고개를 숙였다. 지친 준희를 바라본 혜미는 두어 번 고개를 끄덕이며 조심스럽게 팔을 감싸안았다. 준희는 순간 움찔했지만 손길을 피하지 않았다.

"일단 우리 먹고 나서 얘기해요."

외투를 벗은 알리가 식탁 너머 자리를 가리켰다. 은은히 감도는 향신료 냄새 속에서 준희는 천천히 의자에 앉았다. 식탁에는 에크멕 조각들과 카이막이 담긴 세라믹 접시가 놓여 있었다. 그 옆에는 작은 꿀단지와 오일에 절인 검은 올리브, 가볍게 버무린 샐러드가 나란히 자리했다. 혜미가 붉은 렌틸콩 수프를 가지고 왔다. 준희는 무심코 수프 그릇을 든 혜미의 손등을 보았다. 엄지와 검지 사이에 짙푸른 별 문양이 선명하게 새겨져 있었다. 작지만 단단해 보이는 별은 손이 움직일 때마다 윤곽을 또렷하게 드러냈다.

"시장이 반찬이라 맛있을 거예요."

혜미가 낮게 웃으며 말했다. 따뜻한 수프 위로 얇게 두른 올리브유와 작은 허브잎 하나가 떠 있었다.

"아내의 손맛은 제가 보장하니까 드셔보세요."

알리가 먼저 수프를 한 숟갈 떠서 입에 넣었다. 수프는 렌틸콩의 부드럽고 고소한 풍미에 감자를 넣은 된장국을 떠올리게 했다.

"솜씨가 좋으시네요."

준희가 입술을 오므리며 맛있다고 덧붙였다. 혜미는 포크로 올리브 하나를 집어 올리며 싱긋 웃었다. 까맣게 빛나는 눈동자가 준희의 얼굴을 더듬듯 조심스레 쓸어내렸다. 눈매에서 시작된 시선은 입술을 지나 턱선을 따라 미끄러지듯 흘렀다.

"누구도 훔칠 수 없는 솜씨랄까."

알리는 빵 위에 카이막을 넉넉히 얹어 한입 베어 물었다. 진하고 부드러운 우유의 맛이 입안 가득 채우자 눈을 지그시 감았다. 하지만 준희는 그 맛이 입안에서 어떻게 퍼지는지 알지 못했다. 혀끝에 닿는 감촉도, 은은하게 퍼지는 향도 멀게만 느껴졌다. 사라진 가방에 대한 막막한 마음이 서서히 자리를 잡아갔다. 지갑이나 휴대전화보다 마음에 걸리는 것은 파란 수첩이었다. 잊지 못한 말과 마주하지 못한 감정 그리고 끝내 꺼내지 못한 말들이 적혀 있었다. 허공을 떠돌며 아무것도 붙잡지 못한 허탈함이 좀처럼 가시지 않았다. 어떤 것도 되돌릴 수 없다는 답답함이 밀려오자 입맛이 사라졌다.

"가볍게 맥주라도 하실래요?"

혜미는 잔을 만지작거리며 말을 건넸다. 준희는 뭔가 다른 기분이 필요해서 좋다고 했다. 알리는 눈썹을 살짝 올리며 맥주를 가지러 갔다. 빈자리 사이로 두 사람의 시선이 닿을 듯 닿지 않아 마주치지 못했다. 알리가 맥주를 잔에 따르자 부드러운 거품이 올라왔다. 준희는 거품이 가라앉기 전에 맥주를 들이켰다. 시원한 청량감이 기분을 한결 나아지게 하는 것 같았다.

"자꾸 낯이 익어서요. 교생 실습하던 때가 생각나는데…."

잔 너머로 혜미가 물끄러미 준희를 바라보았다. 준희는 샐러드 포크를 접시 가장자리에 내려놓고 고개를 살짝 기울였다. 서로를 향한 시선이 지나간 시간을 끌어당기고 있었다.

"저, 기억나요? 반장 샘?"

입꼬리를 살짝 올린 혜미의 얼굴이 환해졌다.

"아, 그 말을 다시 듣게 될 줄이야."

준희는 어딘지 모를 당혹감과 반가움에 얼떨떨한 표정이었다.

4

대학 시절, 준희는 국어과 교생 실습으로 시내의 한 고등학교에 배정되었다. 실습 사전 모임에서 부장 선생님은 학교 일정과 유의사항 등을 안내했다. 교생들이 메모하며 듣는 가운데 혜미는 조금 달랐다. 궁금한 점이 있으면 질문했고 자신의 의견도 덧붙였다. 말투는 부드러웠지만 보고 듣고 느낀 것을 솔직히 말하는 태도였다. 당돌한 정도는 아니지만 주저함이 없었다. 그런 혜미의 모습이 준희에게 생경하게 다가왔다. 모임을 끝내기 전에 부장 선생님이 교무수첩을 덮으며 말했다.

"그리고 공지 사항을 전달할 교생 대표 반장 샘이 있어야 합니다."

누구도 나서려는 기색 없이 눈치만 살폈다.

"정준희 씨가 맡아주세요."

부장 선생님의 지목에 준희는 당황한 듯 눈을 깜빡였다. 혜미가 가볍게 고개를 몇 번 끄덕였다. 준희는 그 암묵적인 동의를 지나치지 않았다.

"네, 알겠습니다."

교생들의 박수 속에서 준희는 자신이 그 역할을 기꺼이 받아들였다는 것을 알았다.

혜미는 국어과 교생 중 유일하게 프랑스어를 복수 전공했다. 또래 교생들보다 두 살 많은 혜미는 어학연수에서 자유롭고 수평적인 분위기를 익혔다. 그 분위기는 말투와 태도뿐 아니라 수업 방식에서도 나타났다. 다른 교생들은 고민 끝에 만든 지도안에 맞춰 수업을 진행하려 애썼지만 혜미는 정해진 틀에서 벗어나 자신의 방식대로 수업했다. 지도안은 교실에서 아이들의 목소리로 써야 한다는 듯이. 그런 혜미의 수업 방식은 교실 뒤편에서 지켜보던 다른 교생들에게 부담으로 느껴졌다. 학생 중심 수업이라는 말로 부족한 준비를 숨기려는 것이 아니냐는 수군거림이 돌았고 수업이 산만하다는 평가와 함께 혜미를 멀리하는 분위기까지 생겨났다.

혜미가 공개 수업하는 날이었다. 혜미는 교과서에 밑줄 긋는 대신 아이들 사이로 걸어가며 질문을 던졌다.

"여러분, 소설 속 주인공의 마음이 어때 보여요?"

혜미는 인물 유형이나 성격, 감정 같은 용어를 쓰지 않았다.

"바보같이 답답한데 안쓰럽기도 해요."

"일부러 멍청한 척하는 것 같아요. 말해도 소용없으니까요."

"자기 마음을 숨기려는 것 같아요. 속마음을 들키면 힘들어질 테니까요."

아이들이 서슴없이 쏟아내는 말들은 감정의 파도와도 같았다. 그 말속에 감춰진 본질은 드러나지 않았지만 파도처럼 끊임없이 밀려와 마음을 흔들었다. 아이들은 무엇을 배우는 것이 아니라 나누고 있다는 생각이 들었다.

"선생님, 이런 게 시험에 나와요?"

앞머리를 단정히 자른 남학생이 손을 들었다. 혜미가 잠깐 말을 머금고는 안 나올 거라고 대답했다. 아이들은 실망인지 모를 표정으로 웅성거렸다. 그러자 혜미가 다시 말을 이었다.

"하지만 시험도 문제를 잘 읽고 생각해야 풀 수 있잖아요. 그걸 하는 거예요. 보이지 않는 마음을 읽어내는 것, 그게 바로 생각하는 힘이니까요."

곧 수업 종이 울렸고 아이들은 자리에서 일어났다. 소란한 교실에서 준희는 혜미의 말이 하나의 질문처럼 느껴졌다. 말로 할 수 없는 마음과 글로 표현할 수 없는 생각들이 질문으로 남았다.

"수업 분위기는 좋던데요."

교생실로 가는 길에 준희가 말했다.

"그래요? 제대로 하는 건지 모르겠어요."

혜미는 민망한 기색을 감추려는 듯 머리카락을 매만졌다.

"뭐가요?"

"반장 샘은 정석대로 하잖아요. 그걸 보면 제 방식이 좀 비틀거리는 것 같아서요."

준희는 웃지 않았다. 혜미의 한마디가 창문 틈으로 스며든 바람처럼 마음을 건드렸다. 흔들림 없이 지켜 왔다고 믿었던 것들이 조금씩 풀려나가는 듯했다. 정석대로 쌓아 올린 것은 어쩌면 무너지지 않기 위한 방어막이었을지도 몰랐다.

"그런데 저는 틀에 맞추려고 하면 숨이 막히더라고

요."

혜미는 교과서와 출석부를 놓치지 않으려는 듯 끌어안고 있었다.

"그래서 샘 방식대로 열심히 하잖아요."

준희의 목소리에는 속내를 짚어내는 힘이 들어 있었다.

"그래야… 안 들킬 것 같아서요. 후회나 미련도 덜할 것 같고."

혜미의 목소리가 안개 속에 가라앉듯 아득하게 들렸다.

"다들 그런 거 아니에요? 아닌 척하면서도 속으로는 흔들리는 거."

준희는 나직이 말을 흘리며 입술을 살짝 깨물었다. 자신도 모르게 숨기려 했던 불안이 고개를 내밀었다. 불안은 감춘다고 사라지는 것이 아니었다. 준희는 그 사실을 잘 알고 있었다. 하지만 불안을 마주하거나 놓아주는 일은 여전히 어려운 일이었다.

"반장 샘은 흔들려도 금방 다잡을 것 같아요."

혜미는 얕은 웃음을 띠었다. 준희는 남은 말이 있었지만 꺼내지 않았다. 그 뒤로, 두 사람 사이에 하지 않은 말들이 쌓여 갔다. 서로 그 무게를 알고 있기에 누구도 먼저 말을 꺼내려 하지 않았다.

5

"그럼, 내가 허니의 선생님을 데리고 온 거야?"

알리는 자신감 넘치는 목소리로 어깨를 으쓱했다.

"아니, 그런 뜻이 아니라…."

준희는 당황한 듯 말을 흐렸다.

"맞아요. 선생님이라고 해도 돼요. 그때 반장 샘 수업을 보고 가야 할 길을 찾았으니까."

혜미는 주저하지 않고 말을 이었다. 단단한 기운이 담긴 목소리에는 오래 품어온 마음을 꺼내는 듯한 무게가 실려 있었다. 준희는 고개를 살짝 갸웃하며 의아한 듯 혜미를 바라보았다. 마주한 시선 속에 말하지 못한 감정이 흐르자 마음 한구석이 묘하게 저릿했다.

"저 여기서 한국어 수업을 하고 있어요."

혜미는 목적지에 다다른 사람처럼 평온한 얼굴이었다.

"아… 정말 생각지도 못했어요."

준희는 놀란 기색이었지만 이내 부드럽게 웃었다. 옆에서 알리가 할 말이 있는 듯 몸을 앞으로 기울였다.

"저도 그랬어요. 분명 한국어를 배우러 갔는데 자꾸 허니 얼굴만 보게 되는 거예요. 그땐 몰랐죠. 한국어보다 더 어렵고 아름다운 허니를 사랑하게 될 줄은."

알리는 장난기 어린 웃음을 지으며 혜미의 손을 꼭 잡았다.

"수업이 끝나도 마음은 계속 흐르더라고요."

"말은 서로의 세계를 이해하는 일이니까요."

그들의 시선과 말이 포개지는 자리에서 준희는 들고 있던 컵을 만지작거렸다. 손끝에 따뜻한 온기가 스며들자 마음속에 잔잔한 파문이 퍼져나갔다.

알리는 K드라마 번역을 한다고 했다. 단순히 언어를 옮기는 작업이 아니라 대사에 담긴 감정을 전달하기 위해 고민한다고 말했다. 그러다 문득 무언가 떠오른 듯 고개를 들었다.

"예전에 한국어 번역이 막막해서 허니한테 털어 놓은 적이 있어요. 그랬더니 반장 샘의 수업 얘기를 들려주더라고요. 문장을 이해하는 것이 아니라 그 속에 담긴 누군가의 마음을 느끼게 해주는 수업이었다고요. 그 말을 듣고서야 조금 감이 잡히더라고요. 처음엔 단어만 잘 고르면 될 줄 알았어요. 그런데 어떤 말은 말하는 사람의 마음을 이해해야 알 수 있더라고요."

알리는 말을 할 때마다 숨을 짧게 고르곤 했다. 숨이 가쁘면 깊게 들이쉬고 말을 이어갔다.

"터키어로는 쉽게 하는 표현인데 한국어로 하면 자꾸 멈칫하게 되는 거예요. 그 말을 꺼내기까지 시간이 더 걸린다고 할까요. 한국어는 마음을 한 바퀴 돌고 나서야 비로소 진심이 전해지는 것 같아요. 그래서 번역이라는 게 마음을 따라가는 일이라는 것을 알게 됐어요."

알리는 멋쩍은 듯 손으로 머리를 쓸어올렸다. 혜미는 알리의 어깨를 가만히 쓰다듬어 주었다.

준희는 마음을 따르지 못해 멈춰야 했던 순간들을 떠올렸다. 무기력하게 삼켜야 했던 말들, 침묵 속에 갇혀 점점 메말라가던 감정들. 언제부터였을까. 애써 단단한 껍질로 감싼 말들은 점점 날카로워졌고 그 속에 숨겨진 마음은 먼 기억처럼 희미해져 갔다. 마음속에서 자라던 그것이 시들어가는 걸 알면서도 애써 돌보며 붙잡는 일이 차츰 버거워졌다.

준희는 목울대에서 미묘한 떨림이 번져가는 것을 느꼈다. 부끄러움과 안도 사이에서 심장이 두근거리고 숨결이 가빠졌다. 가슴 깊은 곳 어딘가가 아릿하게 저렸다. 이상한 기분이었다. 대학 시절과 맞닿아 있는 듯했지만 십여 년의 시간이 한순간에 증발해 버린 것 같았다. 그 시절의 막연한 설렘과 이름 모를 불안은 모두 지나갔다고 믿었다. 시간이 지나면 모든 것이 괜찮아질 거라 믿었지만 사실 그건 상처를 덮는 방식으로 자신을 지켜온 것에 불과했다. 단호한 말로 학생을 붙잡았던 날, 돌아온 것은 모든 말을 짓밟듯 날아든 침이었다. 얼굴을 스친 게 아니라 가슴 깊이 박혀 파고드는 화살 같은 것이었다. 분노나 수치심의 경계를 넘어선 낯설고 묵직한 감정이었다. 그 무게는 여전히 준희의 가슴에 내려앉아 좀처럼 사라지지 않았다.

얼음처럼 굳어버린 시간 속에서 준희에게 정말로 필요했던 건 무엇이었을까. 상처를 견디는 것이 아니라 상처를 안은 채 다시 말을 건네는 일. 무너진 마음을 외면하지 않고 끌어안아 줄 용기였다. 그 순간, 준희는 마음속에 굳게 닫혀 있던 교실 문 앞에 다시 선 듯했다.

6

"먼저 들어가 쉬어야겠어."

알리의 목소리는 낮고 힘이 없었다. 피로가 짙게 내려앉은 듯 눈빛이 흐려졌다. 가만히 숨을 고르고 일어난 알리의 어깨는 처져 있었다. 혜미가 안쓰럽게 보며 다가가자 알리는 손을 들어 괜찮다고 했다.

"내일 열기구를 예약해 놨어요. 확인해야 하는데…."

준희가 갑자기 생각난 듯 입술을 달싹이다가 말을 꺼냈다. 혜미는 고개를 끄덕이며 태블릿을 가져와서 내밀었다.

"열기구 타는 곳으로 데려다줄게요."

혜미의 입꼬리가 살짝 올라갔다. 태블릿 화면을 보던 혜미는 돌아서서 알리가 들어간 방으로 향했다.

거실에 앉은 준희는 휴대폰과 카드를 분실 신고하고 열기구 예약도 확인했다. 잠깐의 분주함이 지나가자 사라진 것들이 남긴 자리가 더욱 선명하게 다가왔다. 무엇이 사라졌는지는 중요하지 않았다. 사라졌다는 사실이 남긴 허전함이 쉽게 가라앉지 않았다. 무엇으로도 채워지지 않는 공기 속에서 알리 방 너머로 아잔 소리가 흘러나왔다. 그 소리는 사라져버린 것들의 잔향처럼 퍼지고 있었다. 눈에 보이지 않는 존재들이 오래된 감정과 기억을 천천히 깨우는 듯했다. 밤의 기도는 어둠을 부드럽게 어루만지고 있었다.

"알리가 갑상선 수술한 지 얼마 안 됐어요."

방에서 나온 혜미는 아잔의 울림에 잠긴 듯한 목소리로 알리의 회복이 더딘 상황을 전했다. 준희는 곁에서 겪는 고단함을 짐작하며 조심스레 위로했다. 혜미는 아픈 사람의 고통을 누구보다 잘 알고 있다며 힘든 마음을 내비쳤다. 준희가 살며시 혜미의 손을 잡으며 손등에 새겨진 타투를 보았다. 언뜻 아이들이 장난스럽게 담배 자국이냐며 놀리던 모습이 기억의 파편처럼 스쳐 지나갔다. 그때 혜미는 점이라며 레이저 치료 중이라고 했던가. 가려진 상처 위에 새겨진 별이 지우지 못한 흔적을 덮으려는 듯 불안한 빛을 안고 있었다.

"가장 힘들었던 건 교생 실습 기간이었어요."

어깨를 움츠린 혜미의 얼굴에 알 수 없는 낯선 기운이 감돌았다. 준희는 이유 모를 불편함에 다음 말을 기다렸다.

"저 검정고시로 대학에 가서 고교 생활을 안 했어요. 그게 뭐 대수인가 싶었는데 이상하게 그 구멍 하나가

밤은 언제 잠드나 257

마음을 갉아먹더라고요. 아이들 앞에 서면 뭔가 중요한 시절을 겪지 못한 채 선생님 흉내만 내는 건 아닐까 하는 생각이 들었어요. 수업하면서도 아이들이 보내고 있는 시간을 제대로 이해할 수 있을지 의심이 들었고요. 결국 내가 교단에 설 자격이 있는지 스스로 묻게 되었죠. 그럴 때마다 선뜻 대답하지 못했어요. 그래서 이 나라로 왔는지도 모르겠어요. 여기선 아무도 과거를 묻지 않으니까."

혜미의 말이 무섭도록 정직하게 들렸다. 그 진심이 마음속 어둠을 헤집고 한 점 불씨처럼 오래도록 남았다. 준희는 물끄러미 혜미를 보다가 조심스레 입을 열었다.

"이미 자기 방식대로 잘 살고 있잖아요. 그리고 자격이란 게 꼭 갖춰진 이력에 있는 건 아닌 것 같아요. 오히려 그런 질문을 스스로 던지고 자기 내면을 잘 들여다볼 줄 아는 사람에게 자격이 주어져야 한다고 생각해요."

혜미의 엷은 미소에 준희는 오래 움켜쥐던 차가운 돌멩이를 내려놓는 느낌이 들었다.

"교직에 있는 거죠?"

준희는 잠시 망설이다가 휴직 중이라고 답했다.

"왠지 그럴 것 같았어요."

혜미의 입꼬리가 올라갔지만 웃음이라 할 수 없었다. 혜미는 준희를 향하면서도 먼 곳을 보고 있는 듯했다.

"저도 그런 자격을 갖고 싶어서였을까요. 실습 마지막 날에 반장 샘 실습 일지가 사라진 거요. 그거… 제가 숨겼어요."

준희는 숨을 잠시 멈춘 채 눈을 크게 뜨고 혜미를 뚫어져라 쳐다보았다.

"아니, 왜?"

믿기지 않는 표정에는 서늘하게 밀려오는 실망과 배신감이 얽혀 있었다.

"그걸 가지고 있으면 그 자리에 다시 설 수 있을 것 같았어요."

혜미의 눈빛은 닿을 수 없는 빛을 따라 방황하는 것 같았다. 고개를 살짝 돌린 혜미는 손끝을 만지작거렸다.

두 사람은 가까이 있으면서도 좀처럼 다가서지 못하는 거리를 두었다. 그 사이로 흐르는 정적 속에 복잡한 마음들이 뒤엉켜 있었다. 다시 서로 마주한 눈빛은 어색하면서도 아련했다.

준희는 무거운 걸음으로 손님방에 들어갔다. 방 안은 정갈한 침구로 아늑하게 채워져 있었다. 잠자리에 몸을 눕히려는데 노크 소리가 들려왔다. 혜미는 탁상시계를 건네며 숨을 삼켰다. 시선을 떨군 채 잠시 머뭇대다가 실습 일지를 내밀었다.

"이렇게 실습 일지를 돌려줄 수 있어서 다행이에요."

준희는 입술을 굳게 다문 채 냉담한 표정으로 시선을 천천히 거두었다. 혜미의 말은 공중에 흩어진 듯 맴돌다가 한참 지나서야 마음 한구석에 스며들었다. 그러나 고백에 담긴 진심이 어디까지인지 알 수 없었다.

탁자에 놓인 교생 실습 일지는 불 꺼진 방의 어둠에 묻혀 있었다. 그 어둠 속에서 준희는 한참을 누워 있었지만 좀처럼 잠들지 못했다. 창밖의 깊은 어둠을 바라보다가 창문을 열었다. 가만히 서 있으니 어디선가 아잔 소리가 울려 퍼졌다. 눈을 감고 소리에 귀를 기울이자 몸이 점점 노곤해졌다. 얼마나 지났을까. 탁상시계의 알람 소리에 겨우 눈을 떴다.

7

 하늘이 아직 열리지 않은 새벽 공기는 생각보다 더 차가웠다. 먼 동편은 서서히 밝아지는데 어둠은 좀처럼 물러서지 않았다. 벌판에서 다채로운 색의 열기구들이 웅크린 채 준비 중이었다. 뜨겁게 뿜는 불꽃이 거대한 천 속으로 숨을 불어넣고 있었다. 준희는 천이 들썩이면서 부풀어 오르는 열기구를 바라보았다. 마치 오래 잠들어 있던 무언가가 깨어나는 것 같았다. 하지만 여전히 어둠은 곁에 머물고 있었다.

 가이드의 탑승 안내를 받고 조심스레 바구니에 올라섰다. 발을 올리는 순간, 무게는 더 이상 땅이 아니라 뜨거운 공기에 실려 있었다. 열기구에 몸을 맡기자 머리 위로 불기둥이 맹렬히 치솟았다가 이내 사그라들었다. 뜨거운 공기가 부풀어 오르면서 차가운 공기를 밀어내자 가벼워진 열기가 바구니를 천천히 밀어 올렸다. 열기구는 바람을 타고 보랏빛 새벽의 안개 띠를 가르듯 하늘을 향해 떠올랐다.

 '해가 뜨기 전이 이렇게 아름다울 줄이야.'

 대지는 점점 멀어졌다. 오래된 기암들이 부드러운 곡선으로 펼쳐지고 있었다. 누군가 세상을 조각하다

말고 잠든 듯 경이롭고도 나른한 풍경이었다.

 누군가 손을 들어 저편을 가리켰다. 새들이 자유롭게 날아가고 있었다. 하늘 높이 오르는 날갯짓은 모든 것을 떨쳐낸 해방의 몸짓 같았다. 차가운 공기 속에서 숨을 길게 내보내자 입김이 하얗게 피어올랐다. 준희는 따뜻한 숨결을 느끼며 천천히 눈을 감았다. 가슴 속 불안한 마음을 가라앉히면서 살며시 손잡이를 놓았다. 하늘에서만큼은 그 무엇도 붙잡고 싶지 않았다. 누구도 판단하지 않았다. 아무것도 강요받지 않았다. 그저 날아가고 있었다.

 열기구는 조금씩 방향을 바꾸었다. 바람은 어디로 가는지 말하지 않았다. 어쩌면 방향을 알지 못한 채 세상에서 가장 많은 이야기를 품고 떠도는 중인지도 모를 일이었다. 그 이야기들은 바람결에 실려 잔잔히 흩어져 갔다. 바람의 낮은 속삭임이 누군가의 귓가에 닿기를 바라며 닫힌 마음의 문틈을 타고 스며들었다.

 저 멀리 빛이 다가오고 있었다. 눈꺼풀 너머로 미약한 빛이 스며들자 준희는 살며시 눈을 떴다. 그러나 빛이 어둠을 완전히 밀어내기까지는 아직 시간이 더 필요했다. 준희는 그 시간 속에서 깨달았다. 빛을 맞이하려면 어둠이 조용히 자리를 내어주어야 한다는 것을. 어둠은 사라지는 것이 아니라 다가오는 빛을 위해 고요히 잠드는 법을 배워야 한다는 것을.

"밤은 언제 잠드나."

준희는 열기구 바구니에 몸을 기댄 채 읊조렸다. 누구의 대답도 바라지 않았다. 그저 허공에 흩어져 보이지 않는 저편으로 스며들길 바랐다. 희미한 새벽 어스름 속에서 준희의 얼굴에 미소가 서서히 번져나갔다. 아직 잠들지 않은 밤과 함께. 오래도록 잊고 있던 방식으로.